Grazia Deledda

Il dono di natale

I cinque fratelli Lobina, tutti pastori, tornavano dai loro ovili, per passare la notte di Natale in famiglia.

Era una festa eccezionale, per loro, quell'anno, perché si fidanzava la loro unica sorella, con un giovane molto ricco.

Come si usa dunque in Sardegna, il fidanzato doveva mandare un regalo alla sua promessa sposa, e poi andare anche lui a passare la festa con la famiglia di lei.

E i cinque fratelli volevano far corona alla sorella, anche per dimostrare al futuro cognato che se non erano ricchi come lui, in cambio erano forti, sani, uniti fra di loro come un gruppo di guerrieri.

Avevano mandato avanti il fratello più piccolo, Felle, un bel ragazzo di undici anni, dai grandi occhi dolci, vestito di pelli lanose come un piccolo San Giovanni Battista; portava sulle spalle una bisaccia, e dentro la bisaccia un maialetto appena ucciso che doveva servire per la cena.

Il piccolo paese era coperto di neve; le casette nere, addossate al monte, parevano disegnate su di un cartone bianco, e la chiesa, sopra un terrapieno sostenuto da macigni, circondata d'alberi carichi di neve e di ghiacciuoli, appariva come uno di quegli edifizi fantastici che disegnano le nuvole.

Tutto era silenzio: gli abitanti sembravano sepolti sotto la neve.

Nella strada che conduceva a casa sua, Felle trovò solo, sulla neve, le impronte di un piede di donna, e si divertì a camminarci sopra. Le impronte cessavano appunto davanti al rozzo cancello di legno del cortile che la sua famiglia possedeva in comune con un'altra famiglia pure di pastori ancora più poveri di loro. Le due casupole, una per parte del cortile, si rassomigliavano come due sorelle; dai comignoli usciva il fumo, dalle porticine trasparivano fili di luce.

Felle fischiò, per annunziare il suo arrivo: e subito, alla porta del vicino si affacciò una ragazzina col viso rosso dal freddo e gli occhi scintillanti di gioia.

- Ben tornato, Felle.

- Oh, Lia! - egli gridò per ricambiarle il saluto, e si avvicinò alla porticina dalla quale, adesso, con la luce usciva anche il fumo di un grande fuoco acceso nel focolare in mezzo alla cucina.

Intorno al focolare stavano sedute le sorelline di Lia, per tenerle buone la maggiore di esse, cioè quella che veniva dopo l'amica di Felle, distribuiva loro qualche chicco di uva passa e cantava una canzoncina d'occasione, cioè una ninnananna per Gesù Bambino.

- Che ci hai, qui? - domandò Lia, toccando la bisaccia di Felle. - Ah, il porchetto. Anche la serva del fidanzato di tua sorella ha già portato il regalo. Farete grande festa voi, - aggiunse con una certa invidia; ma poi si riprese e annunziò con gioia maliziosa: - e anche noi!

Invano Felle le domandò che festa era: Lia gli chiuse la porta in faccia, ed egli attraversò il cortile per entrare in casa sua.

In casa sua si sentiva davvero odore di festa: odore di torta di miele cotta al forno, e di dolci confezionati con buccie di arancie e mandorle tostate. Tanto che Felle cominciò a digrignare i denti, sembrandogli di sgretolare già tutte quelle cose buone ma ancora nascoste.

La sorella, alta e sottile, era già vestita a festa; col corsetto di broccato verde e la gonna nera e rossa: intorno al viso pallido aveva un fazzoletto di seta a fiori; ed anche le sue scarpette erano ricamate e col fiocco: pareva insomma una giovane fata, mentre la mamma, tutta vestita di nero per la sua recente vedovanza, pallida anche lei ma scura in viso e con un'aria di superbia, avrebbe potuto ricordare la figura di una strega, senza la grande dolcezza degli occhi che rassomigliavano a quelli di Felle.

Egli intanto traeva dalla bisaccia il porchetto, tutto rosso perché gli avevano tinto la cotenna col suo stesso sangue: e dopo averlo consegnato alla madre volle vedere quello mandato in dono dal fidanzato. Sì, era più grosso quello del fidanzato: quasi un maiale; ma questo portato da lui, più tenero e senza grasso, doveva essere più saporito.

- Ma che festa possono fare i nostri vicini, se essi non hanno che un po' di uva passa, mentre noi abbiamo questi due animaloni in casa? E la torta, e i dolci? - pensò Felle con disprezzo, ancora indispettito perché Lia, dopo averlo quasi chiamato, gli aveva chiuso la porta in faccia.

Poi arrivarono gli altri fratelli, portando nella cucina, prima tutta in ordine e pulita, le impronte dei loro scarponi pieni di neve, e il loro odore di selvatico. Erano tutti forti, belli, con gli occhi neri, la barba nera, il corpetto stretto come una corazza e, sopra, la mastrucca .

Quando entrò il fidanzato si alzarono tutti in piedi, accanto alla sorella, come per far davvero una specie di corpo di guardia intorno all'esile e delicata figura di lei; e non tanto per riguardo al giovine, che era quasi ancora un ragazzo, buono e timido, quanto per l'uomo che lo accompagnava. Quest'uomo era il nonno del fidanzato. Vecchio di oltre ottanta anni, ma ancora dritto e robusto, vestito di panno e di velluto come un gentiluomo medioevale, con le uose di lana sulle gambe forti, questo nonno, che in gioventù aveva combattuto per l'indipendenza d'Italia, fece ai cinque fratelli il saluto militare e parve poi passarli in rivista.

E rimasero tutti scambievolmente contenti.

Al vecchio fu assegnato il posto migliore, accanto al fuoco; e allora sul suo petto, fra i bottoni scintillanti del suo giubbone, si vide anche risplendere come un piccolo astro la sua antica medaglia al valore militare. La fidanzata gli versò da bere, poi versò da bere al fidanzato e questi, nel prendere il bicchiere, le mise in mano, di nascosto, una moneta d'oro.

Ella lo ringraziò con gli occhi, poi, di nascosto pure lei, andò a far vedere la moneta alla madre ed a tutti i fratelli, in ordine di età, mentre portava loro il bicchiere colmo.

L'ultimo fu Felle: e Felle tentò di prenderle la moneta, per scherzo e curiosità, s'intende: ma ella chiuse il pugno minacciosa: avrebbe meglio ceduto un occhio.

Il vecchio sollevò il bicchiere, augurando salute e gioia a tutti; e tutti risposero in coro.

Poi si misero a discutere in un modo originale: vale a dire cantando. Il vecchio era un bravo poeta estemporaneo, improvvisava cioè canzoni; ed anche il fratello maggiore della fidanzata sapeva fare altrettanto.

Fra loro due quindi intonarono una gara di ottave, su allegri argomenti d'occasione; e gli altri ascoltavano, facevano coro e applaudivano.

Fuori le campane suonarono, annunziando la messa.

Era tempo di cominciare a preparare la cena. La madre, aiutata da Felle, staccò le cosce ai due porchetti e le infilò in tre lunghi spiedi dei quali teneva il manico fermo a terra.

- La quarta la porterai in regalo ai nostri vicini - disse a Felle: - anch'essi hanno diritto di godersi la festa.

Tutto contento, Felle prese per la zampa la coscia bella e grassa e uscì nel cortile.

La notte era gelida ma calma, e d'un tratto pareva che il paese tutto si fosse destato, in quel chiarore fantastico di neve, perché, oltre al suono delle campane, si sentivano canti e grida.

Nella casetta del vicino, invece, adesso, tutti tacevano: anche le bambine ancora accovacciate intorno al focolare pareva si fossero addormentate aspettando però ancora, in sogno, un dono meraviglioso.

All'entrata di Felle si scossero, guardarono la coscia del porchetto che egli scuoteva di qua e di là come un incensiere, ma non parlarono: no, non era quello il regalo che aspettavano. Intanto Lia era scesa di corsa dalla cameretta di sopra: prese senza fare complimenti il dono, e alle domande di Felle rispose con impazienza:

- La mamma si sente male: ed il babbo è andato a comprare una bella cosa. Vattene.

Egli rientrò pensieroso a casa sua. Là non c'erano misteri né dolori: tutto era vita, movimento e gioia. Mai un Natale era stato così bello, neppure quando viveva ancora il padre: Felle però si sentiva in fondo un po' triste, pensando alla festa strana della casa dei vicini.

Al terzo tocco della messa, il nonno del fidanzato batté il suo bastone sulla pietra del focolare.

- Oh, ragazzi, su, in fila.

E tutti si alzarono per andare alla messa. In casa rimase solo la madre, per badare agli spiedi che girava lentamente accanto al fuoco per far bene arrostire la carne del porchetto.

I figli, dunque, i fidanzati e il nonno, che pareva guidasse la compagnia, andavano in chiesa. La neve attutiva i loro passi: figure imbacuccate sbucavano da tutte le parti, con lanterne in mano, destando intorno ombre e chiarori fantastici. Si scambiavano saluti, si batteva alle porte chiuse, per chiamare tutti alla messa.

Felle camminava come in sogno; e non aveva freddo; anzi gli alberi bianchi, intorno alla chiesa, gli sembravano mandorli fioriti. Si sentiva insomma, sotto le sue vesti lanose, caldo e felice come un agnellino al sole di maggio: i suoi capelli, freschi di quell'aria di neve, gli sembravano fatti di erba. Pensava alle cose buone che avrebbe mangiato al ritorno dalla messa, nella sua casa riscaldata, e ricordando che Gesù invece doveva nascere in una fredda stalla, nudo e digiuno, gli veniva voglia di piangere, di coprirlo con le sue vesti, di portarselo a casa sua.

Dentro la chiesa continuava l'illusione della primavera: l'altare era tutto adorno di rami di corbezzolo coi frutti rossi, di mirto e di alloro: i ceri brillavano tra le fronde e l'ombra di queste si disegnavano sulle pareti come sui muri di un giardino.

In una cappella sorgeva il presepio, con una montagna fatta di sughero e rivestita di musco: i Re Magi scendevano cauti da un sentiero erto, e una cometa d'oro illuminava loro la via.

Tutto era bello, tutto era luce e gioia. I Re potenti scendevano dai loro troni per portare in dono il loro amore e le loro ricchezze al figlio dei poveri, a Gesù nato in una stalla; gli astri li guidavano; il sangue di Cristo, morto poi per la felicità degli uomini, pioveva sui cespugli e faceva sbocciare le rose; pioveva sugli alberi per far maturare i frutti.

Così la madre aveva insegnato a Felle e così era.

- Gloria, gloria - cantavano i preti sull'altare: e il popolo rispondeva:

- Gloria a Dio nel più alto dei cieli.

E pace in terra agli uomini di buona volontà.

Felle cantava anche lui, e sentiva che questa gioia che gli riempiva il cuore era il più bel dono che Gesù gli mandava.

All'uscita di chiesa sentì un po' freddo, perché era stato sempre inginocchiato sul pavimento nudo: ma la sua gioia non diminuiva; anzi aumentava. Nel sentire l'odore d'arrosto che usciva dalle case, apriva le narici come un cagnolino affamato; e si mise a correre per arrivare in tempo per aiutare la mamma ad apparecchiare per la cena. Ma già tutto era pronto. La madre aveva steso una tovaglia di lino, per terra, su una stuoia di giunco, e altre stuoie attorno. E, secondo l'uso antico, aveva messo fuori, sotto la tettoia del cortile, un piatto di carne e un vaso di vino cotto dove galleggiavano fette di buccia d'arancio, perché l'anima del marito, se mai tornava in questo mondo, avesse da sfamarsi.

Felle andò a vedere: collocò il piatto ed il vaso più in alto, sopra un'asse della tettoia, perché i cani randagi non li toccassero; poi guardò ancora verso la casa dei vicini. Si vedeva sempre luce alla finestra, ma tutto era silenzio; il padre non doveva essere ancora tornato col suo regalo misterioso.

Felle rientrò in casa, e prese parte attiva alla cena.

In mezzo alla mensa sorgeva una piccola torre di focacce tonde e lucide che parevano d'avorio: ciascuno dei commensali ogni tanto si sporgeva in avanti e ne tirava una a sé: anche l'arrosto, tagliato a grosse fette, stava in certi larghi vassoi di legno e di creta: e ognuno si serviva da sé, a sua volontà.

Felle, seduto accanto alla madre, aveva tirato davanti a sé tutto un vassoio per conto suo, e mangiava senza badare più a nulla: attraverso lo scricchiolìo della cotenna abbrustolita del porchetto, i discorsi dei grandi gli parevano lontani, e non lo interessavano più.

Quando poi venne in tavola la torta gialla e calda come il sole, e intorno apparvero i dolci in forma di cuori, di uccelli, di frutta e di fiori, egli si sentì svenire: chiuse gli occhi e si piegò sulla spalla della madre. Ella credette che egli piangesse: invece rideva per il piacere.

Ma quando fu sazio e sentì bisogno di muoversi, ripensò ai suoi vicini di casa: che mai accadeva da loro? E il padre era tornato col dono?

Una curiosità invincibile lo spinse ad uscire ancora nel cortile, ad avvicinarsi e spiare. Del resto la porticina era socchiusa: dentro la cucina le bambine stavano ancora intorno al focolare ed il padre, arrivato tardi ma sempre in tempo, arrostiva allo spiedo la coscia del porchetto donato dai vicini di casa.

Ma il regalo comprato da lui, dal padre, dov'era?

- Vieni avanti, e va su a vedere - gli disse l'uomo, indovinando il pensiero di lui.

Felle entrò, salì la scaletta di legno, e nella cameretta su, vide la madre di Lia assopita nel letto di legno, e Lia inginocchiata davanti ad un canestro.

E dentro il canestro, fra pannolini caldi, stava un bambino appena nato, un bel bambino rosso, con due riccioli sulle tempie e gli occhi già aperti.

- È il nostro primo fratellino - mormorò Lia. - Mio padre l'ha comprato a mezzanotte precisa, mentre le campane suonavano il "Gloria". Le sue ossa, quindi, non si disgiungeranno mai, ed egli le ritroverà intatte, il giorno del Giudizio Universale. Ecco il dono che Gesù ci ha fatto questa notte.

COMINCIA A NEVICARE

- Siamo tutti in casa? - domandò mio padre, rientrando una sera sul tardi, tutto intabarrato e col suo fazzoletto di seta nera al collo. E dopo un rapido sguardo intorno si volse a chiudere la porta col paletto e con la stanga, quasi fuori s'avanzasse una torma di ladri o di lupi. Noi bambine gli si saltò intorno curiose e spaurite.

- Che c'è, che c'è?

- C'è che comincia a nevicare e ne avremo per tutta la notte e parecchi giorni ancora: il cielo sembra il petto di un colombo.

- Bene - disse la piccola nonna soddisfatta. - Così crederete a quello che raccontavo poco fa.

Poco fa la piccola nonna, che per la sua statura e il suo viso roseo rassomigliava a noi bambine, ed era più innocente e buona di noi, raccontava per la millesima volta che un anno, quando anche lei era davvero bambina (nel mille, diceva il fratellino studente, già scettico e poco rispettoso della santa vecchiaia), una lunga nevicata aveva sepolto e quasi distrutto il paese.

- Quattordici giorni e quattordici notti nevicò di continuo, senza un attimo d'interruzione. Nei primi giorni i giovani e anche le donne più audaci uscivano di casa a cavallo e calpestavano la neve nelle strade; e i servi praticavano qualche viottolo in mezzo a quelle montagne bianche ch'erano diventati gli orti ed i prati. Ma poi ci si rinchiuse tutti in casa, più che per la neve, per l'impressione che si trattasse di un avvenimento misterioso; un castigo divino. Si cominciò a credere che la nevicata durasse in eterno, e ci seppellisse tutti, entro le nostre case delle quali da un momento all'altro si aspettava il crollo. Peccati da scontare ne avevamo tutti, anche i bambini che non rispettavano i vecchi (questa è per te, signorino studente); e tutti si aveva anche paura di morire di fame.

- Potevate mangiare i teneri bambini, come nel mille - insiste lo studentello sfacciato.

- Va via, ti compatisco perché sei nell'età ingrata, - dice il babbo, che trova sempre una scusa per perdonare, - ma con queste cose qui non si scherza. Vedrai che fior di nevicata avremo adesso. Eppoi senti senti...

D'improvviso saliva dalla valle un muggito di vento che riempiva l'aria di terrore: e noi bambine ci raccogliemmo intorno al babbo come per nasconderci sotto le ali del suo tabarro.

- Ho dimenticato una cosa: bisogna che vada fuori un momento - egli dice frugandosi in tasca.

- Vado io, babbo - grida imperterrito il ragazzo; ma la mamma, bianca in viso, ferma tutti con un gesto.

- No, no, per carità, adesso!

- Eppure è necessario - insiste il babbo preoccupato. - Ho dimenticato di comprare il tabacco.

Allora la mamma si rischiara in viso e va a cercare qualche cosa nell'armadio.

- Domani è Sant'Antonio; è la tua festa, ed io avevo pensato di regalarti...

Gli presenta una borsa piena di tabacco, ed egli s'inchina, ringrazia, dice che la gradisce come se fosse piena d'oro; intanto si lascia togliere dalle spalle il tabarro e siede a tavola per cenare.

La cena non è come al solito, movimentata e turbata da incidenti quasi sempre provocati dall'irrequietudine dei commensali più piccoli; tutti si sta fermi, quieti, intenti alle voci di fuori.

- Ma quando c'è questo gran vento, - dice la nonna - la nevicata non può essere lunga. Quella volta...

Ed ecco che ricomincia a raccontare; ed i particolari terribili di quella volta aumentano la nostra ansia, che in fondo però ha qualche cosa di piacevole. Pare di ascoltare una fiaba che da un momento all'altro può mutarsi in realtà.

Quello che sopratutto ci preoccupa è di sapere se abbiamo abbastanza per vivere, nei giorni di clausura che si preparano.

- Il peggio è per il latte: con questo tempo non è facile averlo.

Ma la mamma dice che ha una grossa scatola di cacao: e la notizia fa sghignazzare di gioia il ragazzo, che odia il latte. Gli altri bambini non osano imitarlo; ma non si afferma che la notizia sia sgradita. Anche perché si sa che oltre il cacao esiste una misteriosa riserva di cioccolata e, in caso di estrema necessità, c'è anche un vaso di miele.

Delle altre cose necessarie alla vita non c'è da preoccuparsi. Di olio e vino, formaggio e farina, salumi e patate, e altre provvviste, la cantina e la dispensa sono rigurgitanti. E carbone e legna non mancano. Eravamo ricchi, allora, e non lo sapevamo.

- E adesso - dice nostro padre, alzandosi da tavola per prendere il suo posto accanto al fuoco - vi voglio raccontare la storia di Giaffà.

Allora vi fu una vera battaglia per accaparrarsi il posto più vicino a lui: e persino la voce del vento si tacque, per lasciarci ascoltare meglio. Ma la nonnina, allarmata dal silenzio di fuori, andò a guardare dalla finestra di cucina, e disse con inquietudine e piacere:

- Questa volta mi pare che sia proprio come quell'altra.

Tutta la notte nevicò, e il mondo, come una grande nave che fa acqua, parve sommergersi piano piano in questo mare bianco. A noi pareva di essere entro la grande nave: si andava giù, nei brutti sogni, sepolti a poco a poco, pieni di paura ma pure cullati dalla speranza in Dio.

E la mattina dopo, il buon Dio fece splendere un meraviglioso sole d'inverno sulla terra candida, ove i fusti dei pioppi parevano davvero gli alberi di una nave pavesata di bianco.

FORSE ERA MEGLIO...

Alis aveva dieci anni e doveva studiare: lo studio però non gli andava a genio: avrebbe preferito viaggiare o almeno stare nella strada o nel prato a giocare, sia pure col suo cagnolino Bau che gli saltellava sempre attorno come fosse attaccato a lui da un fil di ferro a molla.

Quando era proprio costretto a studiare, Alis si faceva venire il mal di testa, e pregava il cielo che qualche avvenimento portentoso facesse sparire dal mondo le scuole ed i libri.

Ed ecco una notte di vento e di tuoni sentì il suo Bau guaire e abbaiare nel cortile. C'erano i ladri? Alis non aveva paura dei ladri, anzi era curioso di vederli. Si vestì, quindi, alla meglio, e scese in cortile: subito, alla luce dei lampi, mentre al fragore dei tuoni si univa un rombo misterioso, vide la sua casa scuotersi qua e là come una testa che dice sì e no, e poi spaccarsi e crollare intera. Anche le altre case cadevano; anche la chiesa e la scuola: e fra i rottami e gli altri oggetti si vedevano i libri rotolare ed i quaderni svolazzare come grandi farfalle sinistre.

Era il terremoto.

Preso da un folle terrore Alis cominciò a correre, seguito da Bau. Correvano come se il terremoto li inseguisse, frustati dalla pioggia, dal vento, dalla grandine.

E corri corri, Alis vide finalmente, su un poggio, una capanna illuminata: arrivato lassù spinse la porta e si trovò in una piccola stanza dove accanto al fuoco dormiva una vecchietta coi capelli bianchi. Un cestino coperto da uno straccio era il solo oggetto che si vedesse attorno.

Per non svegliare la vecchietta, Alis stette in un cantuccio, con Bau che gli si stringeva addosso tremante, e ringraziò Dio di avergli fatto trovare quel rifugio.

La notte passò, si calmò la bufera. Alis non dormiva, pensando alla sua casa crollata e divenuta il sepolcro della sua famiglia: il suo dolore era tanto grande ch'egli non poteva neppure piangere.

Ed ecco al sorgere del sole una donna scalza vestita di verde e con una bacchetta in mano si affacciò alla porta.

- Bambino, - disse, - ho saputo della tua disgrazia e sono venuta a prenderti, se tu vuoi venire. Sono la fata Verdina: la mia casa è qui sotterra e se tu verrai nulla ti mancherà: vivrai come un principe, ti darò mia figlia per sposa; ma non dovrai mai più lasciare il mio regno.

- E il cane? - Alis domandò.

- Il cane non posso pigliarlo perché noi fate abbiamo paura dei cani e dei galli. Però può stare qui con questa vecchia che è la madre dei Venti e adesso si sveglierà per far da mangiare ai figli che già ritornano a casa. Be', vuoi venire?

Il cagnolino gli tirava di nascosto il lembo della veste, come per consigliarlo a fuggire, a non andare con la fata. Alis pensava. Pensava che vivere sempre sotterra, sebbene nel regno delle fate, non era una cosa molto allegra: d'altronde dove andare? Non aveva più casa, né paese, né parenti, né amici.

- C'è da studiare? - domandò.

- Macché studiare: non c'è che da divertirsi.

Ed egli andò.

La fata lo condusse ai piedi del poggio e toccò con la bacchetta una pietra: e tosto si trovarono in un grande giardino luminoso, davanti a un palazzo tutto di marmo.

- Donde viene la luce, se siamo sotto terra? - si domandò Alis. E ricominciò a pensare.

La fata non pareva disposta a dargli spiegazioni altro che con la bacchetta lucida e flessibile. Con questa fece aprire e chiudere il portone del palazzo, di questa si serviva per chiamare le altre fate.

Erano tutte belle, le altre fate, grandi e piccole, ma Alis osservò che come gli uccelli, come i gatti, come tanti altri graziosi animali, non sorridevano mai e mai non lavoravano.

D'altronde, perché dovevano lavorare? Tutto si otteneva col solo tocco della bacchetta; e quello che più piaceva ad Alis era l'assoluta mancanza, nel palazzo, delle cose che rendono nervosi gli uomini: il telefono, la luce elettrica, le stufe, i campanelli, il pianoforte, i servi, gli oggetti d'uso scolastico.

Dopo avergli fatto visitare il palazzo, la fata lo condusse nella sala da pranzo dove la tavola era meravigliosamente apparecchiata e fornita delle ghiottonerie ch'egli più amava; e gli presentò la piccola fata bionda che un giorno doveva essere la sua sposa.

Questa bambina, già alta, con gli occhi e il vestito color del cielo, piacque ad Alis come il sole, la luna, le altre cose belle della terra; anche lei però non sorrideva mai, e quando egli le propose di scendere in giardino a giocare, lo guardò con meraviglia: ella non sapeva cosa fosse giocare.

- T'insegnerò io - egli le disse sottovoce; - andiamo.

Andarono nel giardino, ed egli le propose e le spiegò tutti i giochi che sapeva: ella lo ascoltava volentieri, ma non le riusciva d'imparare i giochi e neppure di ballare e di correre. Allora egli cominciò ad annoiarsi e desiderò di avere almeno un libro di avventure da leggere.

E col cadere della sera la sua noia si fece tristezza. Pensava alla sua casa distrutta, ai suoi parenti morti: ma erano poi tutti morti davvero? Oh, perché era vilmente fuggito? Forse avrebbe potuto sollevare le macerie e salvare qualcuno. E anche il rimorso di aver abbandonato Bau, ch'era infine il suo salvatore, gli stringeva il cuore. Forse era meglio restare nella capanna della madre dei Venti, aspettare che questi tornassero e poi far si trasportare da loro.

Forse era meglio... Sì, tutto è meglio del non far niente e avere con facilità tutte le cose che si desiderano. Adesso egli cominciava a capire perché le fate, neppure se bambine, possono sorridere.

La grande fata Verdina si accorse subito dei tristi pensieri di lui.

- Ascoltami, - gli disse, - io dovrei darti l'anello di fidanzato di mia figlia: veramente volevo offrirtelo più tardi, fra qualche anno, ma forse è meglio adesso.

- Sì, forse è meglio - rispose lui trasognato.

Allora la bambina, ad un cenno della madre, gl'infilò nel dito un piccolo anello d'argento; e d'improvviso egli si sentì un altro. Dimenticò ogni cosa passata, si sentì leggero, senza pensieri, senza domande, senza curiosità, felice come quando ci si sta per addormentare.

Scese con la bambina in giardino e passeggiò con lei lungo i viali illuminati dalla luna, fermandosi a guardare i riflessi del lago, i giochi delle ombre ed i colori strani delle rose.

E quando rientrò nella sua camera bellissima, si vide riflesso negli specchi come la luna nel lago: i suoi occhi erano dolci e belli, ma, come quelli dei cervi, dei gatti, della tortora, non sorridevano più.

L'ANELLINO D'ARGENTO

In Sardegna esistono ancora le case delle fate. Solo che queste fate erano piccolissime; piccole come bambine di due anni, e non sempre buone, anzi spesso cattive: in dialetto si chiamavano Janas e ancora è in uso una maledizione contro chi può averci fatto qualche dispetto: - Mala Jana ti jucat - mala fata ti porti; vale a dire, ti perseguiti.

Il mio sogno, da bambina, era di visitare queste domos de Janas e poterci penetrare: ma essendo esse lontane dall'abitato, per lo più in luoghi deserti e rocciosi, la cosa non era facile.

Le storielle che un servetto d'ovile raccontava ogni volta che veniva in paese per cambiarsi la camicia e per andare a messa, aumentavano il mio desiderio.

Questo servetto raccontava dunque di aver più volte visitato le domos de Janas , e abbassava la voce nel descriverne i particolari. - La porta è bassa e stretta, fatta con lastre di pietra; e bisogna entrare carponi: sulle prime non si vede che una piccola stanza, un antro tutto di sassi, dove si rifugiano le bisce e le lucertole; ma se tu hai la pazienza e l'avvertenza di cercare, troverai una pietra mobile che gira come un uscio, ed è la vera entrata alla casa delle Janas . Ancora bisogna penetrare carponi, ma subito ti trovi in una stanza alta più di sette metri, tutta dorata come un pulpito, con la vôlta dipinta di stelle; tu vedi di fronte a te, per migliaia di usci spalancati, una fila di stanze, una più bella dell'altra, che finiscono in una loggia sul mare.

Questo era il particolare che più affascinava: questo sboccar della misteriosa casa sotterranea nell'infinito respiro del mare.

Ma poco c'era da credere a quanto raccontava il servetto. Era un ragazzo visionario, sempre malato di febbri malariche, e quello che sognava nei suoi delirî lo dava per vero, credendoci lui per il primo. Così, conosceva tutta una folla di rispettabili personaggi, dal diavolo grande al folletto "Surtòre", che sta nelle case ma nessuno lo vede, e nasconde gli oggetti, aizza le donne a far pettegolezzi, apre la porta ai vampiri che succhiano il sangue ai bambini.

Raccontava di aver veduto nella solitudine dei monti una torma di cervi guidati da un pastore che aveva pure lui le corna ramate come quelle del suo agile gregge: ebbene, questo pastore era il diavolo e i cervi anime dannate di ladri.

Raccontava di aver veduto in riva al mare un bellissimo bambino coi capelli d'oro e gli occhi celesti, che con una conchiglia prendeva l'acqua marina e la spandeva intorno: e sull'arida sabbia spuntavano il grano e la vigna: e questo bambino era Gesù!

Giganti e nani lo andavano a trovare, quando era solo nell'ovile a guardare le pecore, specialmente nei giorni di nebbia quando è più facile dileguarsi e nascondersi.

Infine egli possedeva un anellino di argento con una piccola perla ch'era poi un pezzettino di cristallo entro il quale si riflettevano i sette colori dell'iride: ebbene, egli affermava di essere un giorno, dopo una tempesta, riuscito a trovare il punto preciso dove comincia l'arcobaleno: lì aveva scavato e trovato l'anello che a chi lo possiede permette d'inventare cento e una storiella in una sola sera.

Quest'anellino era l'unica prova concreta di quanto egli raccontava: perché ad inventare storielle meravigliose, davvero bisognava lasciarlo solo.

Ed ecco che cosa avvenne. Un anno, in un settembre tiepido e verdiccio come un principio di primavera, ci si trovava a Valverde, che è una bellissima vallata tutta roccie e macchie, in una cui falda solitaria sorge una chiesetta che si dice costrutta anticamente da un bandito per penitenza ed espiazione dei propri peccati.

Bel posto, bei giorni che erano tutti una poesia: ogni ora un verso, ogni giorno una strofa armoniosa.

Ed ecco una domenica capita il nostro ragazzo che portava un cero alla Madonna della chiesetta, per parte della sua nonna paralitica. Dopo aver con grande devozione pregato e deposto il cero, venne fuori e propose a me e ad alcune mie amiche di andare con lui a vedere le domos de Janas che egli diceva essere lì a due passi.

E si andò. I due passi però si raddoppiavano per sé stessi, come i famosi granellini di miglio della leggenda: due, quattro, otto, sedici, trentadue, sessantaquattro, ecc. Si saliva e si scendeva per un sentieruolo scosceso: ecco, le case delle fate sono lì, in quella collinetta tutta di pietre dove svolazzano certi uccellacci che stridono e fischiano come il vento. A dire la verità qualcuno ha paura: se quei grandi uccelli neri fossero uomini malvagi tramutati così dalle fate?

Il ragazzo ci fa coraggio.

- Macché, non vedete che sono corvi e cornacchie? Ci deve essere lassù qualche carogna di bestia o magari qualche uomo morto, e se lo pappano.

Una bambina cade e si mette a piangere.

- Ben ti sta, - dice lui, - perché sei venuta senza il permesso dei tuoi genitori!

E chi ce l'ha questo permesso? Si dovrebbe ruzzolare tutte in fondo alla valle.

- Coraggio, coraggio, ci siamo: ecco la porta, la vedete? Quella tra quattro pietre sotto una macchia di lentischio.

Si vede infatti un buco nero, ma è in alto, fra un cumulo di roccie, e solo gli uccelli ci possono arrivare.

E se ci fosse qualche uomo nascosto, qualche malfattore che ci volesse far del male? Infatti si sente d'improvviso un fischio acutissimo che pare ci voglia spazzar via; e tutta la combriccola, compresa la nostra brava guida, si ferma esterrefatta.

Per darci prova del suo coraggio, il ragazzo si avanza e risponde al fischio con un fischio provocante che pare dica al nemico nascosto: - Se hai del fegato vieni fuori.

Il fischio non si ripete, ma dall'alto delle roccie comincia a venir giù una pioggia di sassi che colpiscono qualcuno della compagnia. Gli uccellacci stridono:

- Ben vi sta, ben vi sta, ragazzine: poiché siete in cerca di avventure, senza il permesso dei genitori.

Il ragazzo comincia ad urlare, con la mano sulla bocca, insultando e chiamando fuori il nemico nascosto: poi grida:

- Ferme tutte - e si slancia all'assalto della rocca.

Ma arrivato al buco che secondo lui era la porta delle fate, una mano lo spinge giù a tradimento, ed egli rotola come un gomitolo, senza, fortunatamente, farsi gran male, lasciando brandelli di vesti fra i cespugli e perdendo di tasca le sue cose.

Due infernali teste di monelli s'affacciano allora alla buca, sghignazzando: ed anche noi della compagnia, ingrate, ci beffiamo della nostra povera guida. Si ride e si scappa; anche il ragazzo è costretto a battere in ritirata perché ricomincia una terribile scarica di sassi; e nel suo sdegno minacciante vendetta egli non si accorge che ha perduto l'anellino d'argento. E l'anellino d'argento me l'ho preso io, e lo tengo ancora.

LA CASA DELLA LUNA

Quello stesso ragazzo che ci condusse con esito tanto negativo a cercare la casa delle fate, affermava di sapere anche dov'è la casa della madre della luna e quella della madre dei venti.

Questa è più difficile a trovarsi perché sorge in cima alle montagne; i venti vi giocano davanti, come i ragazzi nel cortile, e sono capaci di buttarvi per terra col loro soffio, o di scaraventarvi addosso macigni e tronchi d'albero. La casa della madre della luna è di più facile accesso, per chi naturalmente ha fegato e coraggio: basta osservare bene il punto preciso dove la luna sorge alla sera, per la sua bella passeggiata sui prati azzurri del cielo; là vive la madre.

- E il padre dove sta?

- Il padre è il sole, e tutti sanno dove sta; ma è inutile pensare di andare a trovarlo.

Del resto, perché questa smania di conoscere la madre della luna? Sarà una vecchietta vestita di biancoperla, che prepara il letto e il mangiare a quella vagabonda di sua figlia: ma non è per lei che si desidera conoscerla; è per la sua casa nascosta dietro gli alberi in cima alla collina, o magari dietro la vigna: una casa tutta d'argento, coi balconi d'oro, i chiodi della porta di diamanti.

Dietro la vigna sorgeva la luna, in quelle sere di ottobre ancora calde e come ubbriacate dall'odore del primo mosto e da quello dell'uva fragola ancora non vendemmiata.

La vigna era vasta, ondulata, sola in una pianura ancora incolta; grandi fichi stampavano la loro ombra pesante sul verde delle viti, e i frutti cadevano giù da sé, lentamente, come grosse gocce di miele raddensato. Chi mangiava fichi in quel tempo? Li si guardava con disgusto scansandoli di sotto i piedi con la cima d'una canna: anche l'uva non ci andava più, neppure il moscato dagli acini grossi come le susine: si preferivano le more ultime scintillanti nei roveti dei campi di là della vigna.

Una casetta di appena due camerette ci riparava dall'umido della notte; ma sopra mormorava, anche se non c'era vento, un pino; e la sua musica senza suono apriva il tetto di quella specie di capanna e ci portava via in lenti giri concentrici, entro una rete di seta, via via per gli infiniti spazi dei sogni.

Fra questi sogni dunque cominciò a dominare quello di andare in cerca della casa della luna.

Cosa ci voleva del resto? Bastava risalire il sentiero fra le vigne, saltare la muriccia di cinta, prodezza fatta più di una volta; andare fino ai roveti badando a non pungersi, e guadagnare la cima di una breve altura erbosa. È di là che s'affaccia il viso sempre più grasso della luna, in queste opime sere di ottobre: grasso e placido come quello di uno che ha fatto la cura dell'uva.

E una sera si prova. C'è festa notturna nella vigna. Un servo suona la fisarmonica e le ragazze ballano al chiaro di luna. Dunque non c'è neppure pericolo d'incontrare la volpe che non ama la musica e sta lontana fin dove il suono non si sente. Io vado. A dirvela in confidenza in fondo non credo esista la casa della luna: ma vado a cercarla più che altro per spirito di avventura, di ribellione e di coraggio.

E la luna mi guardava di sbieco, con una smorfia che mi ricordava quella di una mia compagna del giardino d'infanzia. Ho ancora il ricordo di aver attraversato le vigne con l'impressione che le viti basse e grigie alla luna fossero tante pecore addormentate. Il suono della fisarmonica mi faceva compagnia.

Ecco saltata la muriccia; qui il mondo cambia aspetto, è ancora un mondo noto, con le sue pietre e le macchie di rovo, ma non più nostro. Comincia un po' di tremarella: chi ha mosso e fatto luccicare l'erba ai miei piedi? Niente paura; è forse una lucertola: ad ogni modo bisogna stare attenti.

La musica si fa un po' lontana, ma non cessa mai. È come la voce di un complice rimasto a vigilare perché la scappata non sia scoperta.

Ecco la breve china erbosa dietro la quale dovrebbe esserci la famosa dimora. Per quale scopo io mi tolga le scarpe e le calze non so ancora; forse per arrivare più silenziosa, o perché questo fatto mi era assolutamente proibito. Quello che so è che una grossa spina mi avvertì subito, ficcandosi nel mio calcagno destro, di aver fatto male.

Mi sedetti sull'erba e tentai, al chiaro di luna, di levare la spina; impossibile; andava sempre più dentro, e mi pareva mi salisse fino al cuore.

Rimisi le calze e le scarpe, ma rimasi lì, sull'erba pungente, presa da un terrore inesplicabile. Adesso mi verrà la cancrena, mi taglieranno il piede, e così Dio mi castigherà di aver voluto camminare di notte fuori della mia proprietà, per disobbedire ai genitori.

Per maggior sconforto, ecco d'un tratto la musica tace: mi sembra di essere sola nel mondo, o peggio ancora in mezzo ad una torma di volpi che s'avanzano silenziose e terribili strisciando le lunghe code gialle per terra.

Poi mi sentii chiamare, di lontano, e disperatamente ritornai sui miei passi, fino a scavalcare di nuovo la muriccia. E non dissi nulla della spina, che per quanto frugassi con un ago non veniva fuori. Finché il piede non si gonfiò e venne in suppurazione: io tacevo e aspettavo sempre il terribile castigo: eppure, seduta accanto al finestrino della cameretta, col piede nudo fasciato, guardavo l'altura donde sempre più tardi alla sera nasceva la luna. Il terzo giorno il piede si sgonfiò. E alla sera la luna non apparve, ma sull'altura si delineò un castello fantastico, di carta velina, con decorazioni d'oro e d'argento. Era una nuvola, ma alla gioia del cuor mio essa appariva come la vera casa della luna.

IL PANE

Finché sono stata signorina, mi è toccato di fare il pane in casa. Questo voleva nostra madre, e questo bisognava fare: non per economia, che grazie a Dio allora si era ricchi, più ricchi di quanto ci si credeva, ma per tradizione domestica: e le tradizioni domestiche erano, in casa nostra, religione e legge.

Dura legge, quella di doversi alzare prima dell'alba, quando il sonno giovanile ci tiene stretti stretti nelle sue braccia di velluto e non vuole assolutamente abbandonarci!

La serva bussa all'uscio, con la lampada in mano, anche lei tentennante per il sonno interrotto: su, su, è ora di alzarsi. Un piede va fuori delle coltri, ma tosto si ritira come abbia toccato acqua fredda; mentre l'altro piede è ancora nelle tiepide strade dei sogni: un braccio si tende e la mano si chiude nervosamente, mentre l'altra rimane beatamente aperta sul lenzuolo molle, come su un prato di margherite al sole. La serva bussa una seconda volta, poi spinge l'uscio.

- Su, su, se no viene la signora padrona...

Allora il piede sveglio batte su quello che ancora dorme, e la mano sveglia va a cercare quella che sogna... E tutte e due si fanno coraggio. Siamo in piedi. Che freddo! Come è brutta la vita! Ma verrà un giorno...

Ebbene, sì, devo confessare che fin dall'età di dodici anni avevo stabilito di sposarmi per non fare più il pane in casa.

Ma passato il primo momento la faccenda prendeva il suo ritmo quasi di festa.

Bisogna poi dire che questa faccenda non era di tutti i giorni né di tutte le settimane, perché il pane biscotto che ha il nome caratteristico ma appropriato di "carta di musica" dura interi mesi senza guastarsi, specialmente d'inverno.

Specialmente d'inverno si stava bene, nella grande cucina riscaldata dal forno acceso e dal camino idem: fuori c'era la neve, e peggio di noi stava la donnina che aveva scelto il mestiere d'"infornatrice" di pane; essa, no, non si lasciava sedurre dal sonno, e tutti i giorni, spesso anche tutte le notti, se la passava davanti al forno a combattere con quelle larghe rotonde focacce che tendono a gonfiarsi, a scoppiare, a bruciarsi in un attimo, e pare lo facciano per dispetto contro la paletta che le volta e rivolta e batte su di loro come la mano materna sul sedere grassoccio dei bambini cattivi.

Questa donnina, dunque, doveva anche sfidare il freddo e la neve per arrivare a destinazione: una volta arrivata era però, d'inverno s'intende, la persona più felice del mondo. Sedeva davanti al forno e veniva servita come una regina; e una regina di marionette pareva, così piccola, legnosa, nera bruciata dal calore dei forni di tutto il paese, con una voce che sembrava venisse di lontano, dall'alto del camino del forno. Le cose che raccontava erano tutte interessanti, specialmente dopo aver preso il caffè o mangiato tre piatti di maccheroni e bevuto un bel bicchiere di vino.

Questo vino, a dire il vero, glielo davo io di nascosto, perché allora le donne non usavano bere vino (di nascosto però sì); lei si volgeva verso il muro fingendo di soffiarsi con buona creanza il naso, e beveva a testa china sorbendo avidamente dal bicchiere: oppure glielo davo in una tazza di latta come fosse acqua versata dalla brocca.

Mia madre, che pregava sempre sottovoce, perché quando si fa il pane è come si stia in chiesa, non si accorgeva del peccato dell'infornatrice.

L'infornatrice diventava loquace e raccontava le storie di tutte le famiglie della città, comprese quelle degli antenati; e la mia fantasia pescava in quelle narrazioni più che nei libri stampati di avventure e novelle.

Finito di gramolare la pasta e di stendere col matterello le focacce, e con le perle delle vesciche che la faccenda lasciava nella palma lucida delle mie mani, mi mettevo accanto alla donna ad ascoltare.

A riferire tutte le sue storie ci sarebbe da scrivere altri dieci libri, oltre quelli felicemente scritti: per oggi ne ricordo solo una, che doveva esser vera, poiché la donna la raccontava spesso e senza varianti, mentre le altre subivano sovente grandi modificazioni.

«Dunque, - queste sono le sue testuali parole, - tanti anni or sono, appena il Signore mi aveva dato la forza di lavorare e mia madre mi aveva insegnato il mestiere, ecco un giorno vado a infornare il pane in casa di dama Barbara. Dama Barbara era ricchissima e avara, tanto che dicono sia morta coi pugni stretti, mentre i buoni cristiani rallentano le mani nel consegnare l'anima a Dio. Dama Barbara mi dava un pugno di fichi secchi alla mattina e neppure il pane fresco mi dava, come si dà anche ai cani, il giorno che si cuoce: pane vecchio e acqua quanta ne volevo: anzi mi incoraggiava a bere, perché bevendo acqua non si ha voglia di mangiare. Ma adesso vi dico una soddisfazione che Dio mi ha mandato fino ai piedi. Dunque, una mattina all'alba quando cantano i galli, mentre si aspettava che il pane fosse lievitato a giusto punto, ecco si presenta alla porta un bellissimo bambino coi capelli biondi ricciuti e gli occhi di cielo. Il vestitino rosso era stinto e lacero: eppure pareva nuovo fiammante.

- Datemi un focaccino, - dice, - sia pure piccolo come un'ostia consacrata: è da tanto tempo che non mangio pane fresco.

- Sùbito, bel bambino - dice dama Barbara, che in quanto a buone parole era veramente una nobildonna. - E chi sei? Perché in giro così presto?

Il bambino non risponde, e la dama, presa la raschiatura della pasta avanzata sulla tavola, ne fa un focaccino e lo dà a me per cuocerlo.

Io metto il focaccino nel forno, e vedo una cosa straordinaria.

Il focaccino cresce, cresce, diventa grande quanto tutto il pavimento del forno: io devo piegarlo in quattro per tirarlo fuori. Credete che dama Barbara lo dia al bambino? Neanche un pezzo. Prende il rimanente della raschiatura e fa un focaccino grande quanto un soldo; ebbene, anche questo cresce e cresce; e lei, divenuta come pazza per la gioia, mentre prega il bambino di aspettare, continua a far focaccini e darli a me; ed io sudo per trarli fuori, ingranditi dal forno: finché il Signore mi illumina la mente, e dico, sollevandomi in ginocchio: - Dama Barbara, quel bambino è Gesù in persona, venuto a provare il nostro buon cuore. - Dama Barbara si volge: il bambino era sparito. E quando ella assaggia uno di quei grandi pani deve sputarlo via tanto è acido; e anche il resto del pane, nei canestri dove fermentava, è tutto andato a male. Così fu castigata dama Barbara per il suo cattivo cuore».

IL CESTINO DELLO ZIBIBBO

Primo, Secondo e Terzo, i tre fratelli Gelmini, erano andati a portare un cestino d'uva alla nonna. Non che la nonna non avesse dell'uva; anzi ne aveva tanta che i suoi pergolati erano più neri che verdi; ma di quella qualità, posseduta in tutti quei dintorni solo dalla famiglia Gelmini, non si sapeva se ce ne fosse altra al mondo. Tanto è vero che la madre avvertì i tre ragazzi di tener ben coperto col panno il cestino, e se qualcuno domandava cosa c'era là dentro, di rispondere:

- Ci sono uova e peperoni.

- Ci sono uova e peperoni - risposero infatti a una voce i tre bravi fratelli, quando Vica la gobba, la donna che viveva nelle strade, e come un cane senza padrone andava dietro ai passanti finché non veniva scacciata malamente, saltò giù dalla siepe di un podere e domandò che cosa c'era dentro il cestino.

- Non è vero - disse lei, fissando i suoi occhietti gialli sul panno leggero che lasciava indovinare la forma dei grossi grappoli. - Lì, ci avete lo zibibbo, quell'uva che possedete solo voi nel pergolato dietro la casa. Io la conosco; ha gli acini lunghi e a punta come i peperoncini forti, ma il sapore è ben altro. Io però non l'ho mai sentito, quel sapore. Me lo fate sentire?

- Via di qua - urlò Primo, stendendo il pugno minaccioso; e gli altri due fratelli si strinsero intorno al cestino per difenderlo come l'arca santa degli ebrei nel deserto.

Il luogo era deserto davvero: e le case del paesetto dove stava la nonna, ancora non si vedevano. Se avesse voluto, la gobba, che era gobba ma robusta, avrebbe sbaragliato col suo bastone i tre intrepidi fratelli: ma lei non voleva. Già abbastanza fama di cattiva donna, di ladra, di prepotente e di portasfortuna godeva: quindi si contentò di umiliare e spaurire i Gelmini.

- Altra cosa vi credevo! Screanzati e sordidi siete; e la Madonna vi castigherà, per aver negato tre acini d'uva alla povera mendicante senza casa e senza pane.

Il più piccolo dei Gelmini, fu allora del parere di dare un grappolino alla gobba: per paura, s'intende, non per amore; ma gli altri due, e specialmente Primo, che già aveva il cuore duro come quello di un vecchio contadino, si opposero fieramente.

E tutti e tre ripresero a camminare, mentre Vica spariva fra le siepi donde era sbucata. Per ingannare la lunghezza della strada Primo propose un gioco:

- Voi due siete i bovi che trascinate il carro: sopra il carro c'è l'uva. Io vi conduco.

- Faremo un po' alla volta: non voglio sempre essere il bove, io - disse Secondo.

La proposta accettata, i due fratelli minori presero loro il cestino e andarono avanti: Primo li aizzava, e non contento di loro si armò di una fronda e cominciò a sferzarli sulle gambe. Secondo si mise a correre, ma il fratello piccolo, che era già stanco e malcontento, abbandonò l'ansa del cestino, e buona parte dell'uva cadde per terra: i bei grappoli si sgranarono come tante collane di cui s'è rotto il filo.

Gli urli di Primo e le bòtte che egli prodigò al fratellino non valsero a riparare il danno; né lo riparò l'osservazione che fece Secondo:

- È perché la gobba porta sfortuna: e noi le abbiamo negato un grappolino d'uva.

Questa fu la prima delle disgrazie.

La seconda avvenne quando si trattò di lasciare la strada per inoltrarsi in un viottolo attraverso i campi, onde arrivare più presto alla casa della nonna. Il piccolo Terzo, che dopo il trattamento energico del fratello maggiore non aveva cessato di piagnucolare e lamentarsi, inciampò malamente in un buco del terreno, nascosto dall'erba, e cadde lungo disteso battendo la faccia al suolo. Sulle prime non gridò, non tentò di sollevarsi; ma quando i fratelli, impressionati dal suo silenzio, lo tirarono su, cominciò a morderli ed a sparare calci contro di loro.

Aveva il viso insanguinato e pareva come impazzito.

- Ma che ti prende? - gridò Primo, ributtandolo giù sull'erba. Là lo tennero fermo per forza e gli asciugarono il sangue col panno che copriva l'uva. Egli piangeva così forte che le lagrime aiutarono a lavargli il viso. Poi rifiutò di seguire i fratelli; ma quando essi ripresero la strada e sparvero dietro una distesa di saggina simile ad una foresta, ed egli si trovò solo, ebbe paura. Da una parte e dall'altra del viottolo le alte piante del frumentone gli parevano soldati con la baionetta innastata; e un fruscio strano, prodotto dall'agitarsi delle foglie dure, gli ricordava che le volpi amano aggirarsi nei campi fitti di vegetazione. Egli non aveva mai veduto una volpe; se la immaginava però grande e feroce come il lupo dipinto nel quadro di San Francesco ch'era in camera della mamma; e che non facesse distinzioni fra i polli ed i bambini.

Pensò bene dunque di alzarsi e anche di affrettare il passo per raggiungere i fratelli; ma per quanto si affrettasse, i fratelli non li raggiungeva; non solo, ma neppure li vedeva in lontananza. Allora cominciò ad aver paura davvero; credeva di essersi smarrito, e già stava per gridare domandando aiuto, (a chi, se non si vedeva anima viva?) quando uno starnazzare di oche lo riconfortò. Se c'erano oche c'erano probabilmente anche cristiani, perché non si è mai sentito dire che le oche vivano nel deserto. Queste qui, anzi, facevano quel verso speciale che usano appunto quando arriva gente; e raddoppiarono le loro strida nel vedere il piccolo Terzo. Sembravano molto allegre, tutte riunite in un gruppo di nove o dieci che pareva un gregge, tutte bianche e con gli occhietti rotondi e neri come bottoncini da scarpe.

Terzo però non prese parte alla loro allegria; anzi si fece pallido in viso come stesse per venir meno, e diede un grido di spavento: perché in mezzo alle oche vedeva il cestino dell'uva, vuoto: esse ne avevano tratto, piluccato e massacrato i grappoli, senza rispettarne uno solo.

Che era avvenuto degli altri fratelli? Le volpi, certo, li avevano assaliti e divorati, e di loro non rimanevano neppure i lacci delle scarpe. Istupidito dal dolore, Terzo raccattò il panno che aveva coperto il cestino, e con esso, già anche macchiato del suo sangue, si asciugò le lagrime grosse come gli acini dell'uva ancora sparsi per terra.

- È la gobba, è la gobba... - singhiozzava. Voleva dire: è stata la gobba a portarci sfortuna, ma non riusciva a finire la frase, tanto i suoi pensieri erano confusi. Tuttavia prese anche il cestino e si avviò per tornare indietro.

Gli urli di Primo lo richiamarono.

- Che fai, macacco? Oh, che fai?

Si volse, e vide i suoi fratelli sani e salvi, ciascuno con una cotogna in mano. Secondo, anzi, ne aveva due, delle quali una mangiata a metà; e questo spiegava il suo silenzio e le sue smorfie: perché il frutto era così aspro e duro che egli si trovava ingozzato.

Dalle grida e dalle invettive di Primo, Terzo capì allora come era andata la faccenda: il fratello maggiore sapeva che nel campo c'era un cotogno, e volendo rubarne i frutti, aveva ordinato a Secondo di aspettarlo nel viottolo col cestino dell'uva. Ma Secondo non intendeva di ubbidire; e aveva piantato il cestino per andare a cogliere anche lui le cotogne. Quello che Terzo non riuscì a comprendere fu il perché i fratelli se la pigliavano con lui. Primo, il maggiore, poi l'altro, ricominciarono a dargli spintoni e pugni, accompagnandolo così fino alla casa della nonna.

- Per colpa tua; tutto per colpa tua.

Egli non si difendeva più, non piangeva più, non capiva più nulla; ma quando arrivarono dalla nonna ed i fratelli raccontarono a modo loro la storia, egli domandò:

- Perché, se io volevo dare l'uva alla gobba, e allora perché ho preso io tutta la sfortuna? Perché?

- Perché sei il più stupidino - spiegò la nonna, soffiandogli il naso.

IL VOTO

Quell'inverno lontano fu nefasto per la mia piccola città di Nuoro. Sebbene bambina, io lo ricordo come non ricordo tempi recenti. Dapprima nevicò per quattordici giorni di seguito; poi, caddero pioggie torrenziali che fecero crollare i muri; infine la difterite, allora chiamata angina, fece strage di bambini.

Anche l'unico figlio del nostro mezzadro, Chischeddeddu Palasdeprata, ne fu colpito. Il padre era un uomo probo e un lavoratore indefesso: perciò gli avevano appioppato quel nomignolo di Palasdeprata - spalle di argento -; la madre, poi, era una donna d'oro, saggia, forte, religiosa.

Quando vide il suo bambino morente s'inginocchiò sullo scalino della porta, verso il grande paesaggio dei monti di Orune e di Lula, e pregò ad alta voce:

- San Francesco mio caro, voi che ve ne state tranquillo nella vostra chiesa lassù, ascoltatemi. Fate guarire il mio piccolo Francesco, l'agnellino mio bianco, ed io verrò scalza, a piedi, in pellegrinaggio alla vostra chiesa, e vi porterò in dono tutto il denaro che io e mio marito avremo ricavato da un'annata del nostro lavoro.

Il bambino si sentì subito meglio, e una settimana dopo era guarito.

Adesso si trattava di compiere il voto. Chischeddeddu aveva sette anni e andava a scuola, ma intendeva di fare anche lui il contadino; quindi non aveva bizzarrie per la testa, e quando tornava a casa dalla scuola si levava le scarpe buttandole via come cose ingombranti.

Era però, come tutti i bambini sardi, un po' sognatore; avvicinandosi il tempo nel quale si doveva compiere il voto, cominciò a smaniare dicendo che San Francesco gli era apparso per strada invitandolo ad accompagnar la madre nel suo pellegrinaggio.

Così partirono tutti e due, una mattina all'alba, nel bel mese di maggio dalle giornate ricche di ori e di profumi. La donna portava sul capo una piccola corba con dentro le scarpe sue e del figlio e un po' di pane e di formaggio duro: e nel seno teneva i denari stretti in un fazzoletto rosso. La strada era difficile, perché scendeva e saliva fra erte rocciose; resa piacevole però dai luoghi bellissimi che attraversava: alte erbe, fiori, cespugli e macchie verdi l'accompagnavano. Di tanto in tanto una piccola sorgente d'acqua purissima sgorgava come per miracolo fra le pietre coperte di musco, e allora fra gli alberi selvaggi si sentiva il canto dell'usignolo che pareva ringraziasse Dio del dono incomparabile dell'acqua. Madre e figlio si fermarono presso una di queste sorgenti, per riposarsi e mangiare: la donna si protese sulla conca dove l'acqua brillava come il sole, e prima di bere si bagnò la mano e si fece il segno della croce: Chischeddeddu invece si lavò i piedi ardenti, e disse che voleva arrampicarsi sulla roccia, verso una quercia tutta vibrante di usignoli, in cerca di un nido.

- Lo metteremo nella corba e lo porteremo poi a casa.

Ma la madre glielo proibì: poiché, sebbene ignorante, ella sapeva che San Francesco prediligeva gli uccelli.

Per consolarsi, il ragazzo cominciò a tirar sassi che spaventavano gli usignoli, e si mise a gridare per destare le voci dell'eco.

D'un tratto, come disturbato e infastidito per l'insolito chiasso nel deserto, un uomo apparve nel fitto della macchia, tutto vestito di nero, con la barba nera, il viso scuro e due occhioni che scintillavano come l'acqua della fontana.

Non era armato di fucile, ma la donna indovinò subito che si trattava di un bandito nascosto nella macchia per sfuggire alla ricerca dei carabinieri: eppure non si sgomentò: solo rivolse gli occhi verso il santuario di San Francesco che già appariva come una bianca fortificazione sui monti fioriti di ginestre e le parve che una voce le dicesse: niente paura.

L'uomo nero scendeva agile il sentieruolo dirupato, e gli usignoli tacevano al suo passaggio. Anche il ragazzo, si stringeva pallido e silenzioso alla madre, contento, in fondo, di vedere da vicino un bandito e poterlo poi descrivere, magari con tinte lievemente esagerate, ai suoi compagni ed amici. Ma la curiosità si cambiò in tremarella quando egli si avvide che l'omaccio, avvicinatosi a loro, dopo lanciato uno sguardo aquilino intorno per assicurarsi della perfetta solitudine del luogo, adocchiava piuttosto lui che la madre. E i ricordi della prima infanzia, con lo zio Orco che vive fra le selve e là si porta i bambini per ingrassarli e mangiarseli in arrosto mezzo crudo e mezzo cotto, non valsero certo a incoraggiarlo. Anche la madre, adesso, si sentiva battere il cuore, come se lei e il piccolo Francesco suo, fossero gli usignuoli di nido strappati dalla quercia e messi dentro la corba da una mano crudele.

- Che fate voi, qui? - disse l'uomo, corrucciato come se fosse lui il padrone assoluto del luogo, e quei due disgraziati disturbassero la sua proprietà.

La donna raccontò la storia del voto: non disse però dei denari che teneva nel seno.

L'uomo guardava sempre il fanciullo e pareva rivolgersi solo a lui.

- Ah, tu sei figlio di Palasdeprata ? Già, nominare l'ho sentito, già! Pare che abbia una pentola piena di marenghi nascosta sotto un albero, tuo padre, corfu 'e balla assu pè , pare. Ebbene, gliela faremo un po' scovare. I denari devono circolare. Tu resterai con me, piccolo capriolo, e tua madre andrà a prendere la pentola: la porterà qui, la lascerà qui, e se ne andrà una seconda volta. Io allora ti lascerò libero, nel posticino dove, appena partita tua madre, ti porterò. Tanto, la strada la sai: se pure non avrai piacere di restartene con me. Oh, niente piagnistei, donna; alzati e cammina.

La madre piangeva, stretta al suo fanciullo, e attraverso il velo delle sue lagrime vedeva la chiesa bianca di San Francesco come decorata di diamanti: no, il Santo non poteva, non doveva abbandonarla.

- Mio marito non possiede un centesimo, - disse, - tutto il nostro avere è qui: prendilo, ma lasciaci andare.

Parve strapparsi il cuore dal petto e gettarlo ai piedi dell'uomo; era il fazzolettino rosso con dentro i denari. Ma l'uomo neppure si degnò di guardarlo.

- Alzati e va - ripeté.

Allora madre e figlio, stretti disperatamente l'uno all'altro, si misero a piangere forte: ed ella gridò:

- San Francesco mio, aiutami.

L'eco rispose: e parve la voce del Santo.

Un altro uomo apparve sul punto preciso donde era sbucato il primo: ma questi non si allarmò, anzi parve aspettarlo come un rinforzo: poiché era un compagno di macchia.

Come diverso, però! Era un vecchio con la barba bianca, gli occhi azzurri, il viso solcato di rughe che parevano scavate da un lungo dolore. Vestito all'antica, con un cappotto d'orbace stretto alla vita da una corda, parve alla donna un eremita inviatole da San Francesco per aiutarla. Scese calmo il sentieruolo, toccando col bastone i tronchi verdi degli alberi come per assicurarsi che nei loro cavi non si nascondesse qualcuno, e quando fu accanto al compagno guardò anche lui di preferenza Chischeddeddu ma con uno sguardo nostalgico, come se da immemore tempo non avesse visto un fanciullo, e questi gli ricordasse la sua stessa infanzia e i fratellini e i compagni d'innocenza; poi, mentre il bandito gli spiegava il perché si trovavano tutti in compagnia, egli si rivolse alla donna.

- Femmina mia bella, male hai fatto a metterti sola in viaggio così attraverso luoghi che sapevi abitati dal diavolo.

Già rassicurata la donna gli sorrise: ed anche Chischeddeddu si strinse fra i denti la lingua ancora salata di lagrime, per non mostrarla all'uomo nero, ed anche per non scoppiare a ridere. La madre rispose al vecchio, un po' convinta, un po' per adularlo e ammansarlo meglio.

- Voi non siete un diavolo; voi siete un santo, e per questo San Francesco vi ha inviato.

Al nome del Santo, il vecchio si tolse la berretta e si fece il segno della croce: poi disse:

- Va, donna: per il resto del viaggio, noi stessi baderemo che nulla di male ti avvenga a te ed a questo capretto di tuo figlio. Però, arrivata al Santuario, dirai un'avemaria per me.

Allora il bandito piegò la testa mortificato e mormorò:

- Una anche per me.

E raccolto il fazzolettino rosso che spiccava fra l'erba come un fiore, lo rimise in mano alla donna.

MIRELLA

A volte noi dubitiamo che Dio esista. Perché, infine, dov'è questo Dio? In cielo in terra in tutte le cose: va bene; ma insomma nessuno lo ha mai veduto.

Allora Dio, per provarci la sua esistenza, ordina che venga una bella giornata.

Non una giornata di primavera, di estate o di autunno, ma una giornata d'inverno.

È la più bella di tutte; è lo zaffiro nell'anello dell'anno.

Tutte le finestre si aprono al sole, tutti i sensi alla gioia.

E davvero allora si sente la presenza di Dio in cielo in terra e in tutte le cose.

Per completare la festa viene a trovarci Mirella.

Questa Mirella ha cinque anni, e sebbene non sappia ancora leggere, porta sotto il braccio il "Corriere dei Piccoli".

È tutta fresca e rossa come il corallo appena pescato.

Il suo bel cappottino morbido è rosso, la sua scuffia è rossa. È la scuffietta ornata di ricami antichi delle bambine di Sardegna: ed anche gli occhi neri dorati di Mirella sono quelli delle bambine di Sardegna: quegli occhi ammaliatori dei quali parlano gli storici antichi, ed al cui sguardo si attribuiva una potenza quasi divina.

Ma il modo di esprimersi e il modo di parlare di Mirella, e sopratutto quello di osservare le cose, sono perfettamente toscani.

E questo si spiega, perché il babbo di Mirella si mise una volta in viaggio dalle sue montagne di Pistoia alle montagne di Nuoro in cerca di una moglie insieme alla quale comprare Mirella.

Mentre stiamo in giardino a goderci il sole, capita qui per un momento uno scienziato.

Appena affissa lo sguardo d'aquila su Mirella dice:

- Questa sarà una grande donna!

Il perché non lo dice; ad ogni modo, andato via lui, ci viene in mente l'idea d'intervistare la futura grande donna.

- Cosa farai, Mirella, quando sarai grande? - le domandiamo non senza un certo senso d'ansia.

E il cuore ci si allarga, poiché Mirella risponde:

- Voglio andare a ballare.

E lo dice con un tono un po' cadenzato e impaziente, che significa: possibile che tu non lo capisca?

- Voglio fare anche la giardiniera - aggiunge un po' pensierosa.

- E perché?

- Perché nel tuo giardino ci sono le ciliege e l'uva e gli alberi sui quali arrampicarsi.

E, certo, ella dimostra, fin d'ora una vera tendenza a salire in alto: i suoi piedi, come le zampe degli uccellini, non possono stare a lungo sulla nuda terra.

Mirella ha pure una grande attitudine a lavorare in giardino.

Scava e tocca la terra con voluttà, solleva pesanti secchi d'acqua, scopre insetti ancora a noi sconosciuti: e non ha paura dei vermi che prende sulla punta di un fuscello, per tentare di farci paura, e ridendo per la sua birbanteria.

E sa zappare ancora prima di saper scrivere.

Per questo, sì, ricorda i nostri avi sardi lavoratori e amici della terra.

I nostri discorsi non sono sempre frivoli, come per esempio quando si gioca alla visita della signora Maddalena e questa signora Maddalena, che è Mirella, parla di vestiti e, pettegolina com'è, critica i suoi amici e si beffa di loro: no, a volte i nostri discorsi assurgono ad altezze da impensierire.

Ecco, per esempio, Mirella mi si stringe addosso e mi dice sottovoce:

- Dio ci ha i lupi.

- I lupi? A far che?

- Io non lo so: ha con sé i lupi.

- Dio ha con sé gli angeli - dico io alquanto turbata. - Chi si è permesso di dirti questa brutta cosa, che Dio sta coi lupi?

- Me lo ha detto Allìna.

- Va subito a chiamare Allìna.

Allìna si può chiamare dall'angolo del giardino: Mirella però profitta dell'occasione per arrampicarsi in cima al cancello e di là sul tiglio nudo, e di lassù la sua voce si spande come a maggio il vivo odore del tiglio fiorito.

- Allìna! Allìna! Allìna vieni.

Dopo pochi momenti Allìna è con noi.

- Be', come va questa storia? Perché hai detto che Dio sta coi lupi? Son cose, queste, da dirsi ai bambini?

- Ma io non ho detto proprio niente.

- Mirella! Perché questa bugia? Chi è che ti ha detto...

- Be', - interrompe lei, - me lo sono inventato io.

Che avverrà di Mirella?

Non pensiamoci: per adesso è meglio lasciarla volare dietro al suo cerchio, o buttare sassi agli altri bambini, o tentare cantando i primi passi e gli atteggiamenti lusinghieri della danza.

Ecco Mirella che va a marito,

Con duecento anelli in dito;

Cento di qua - cento di là,

Ecco Mirella che se ne va.

IL PASTORELLO

Cinque anni or sono conobbi un ragazzetto soprannominato Coeddu , nome che si dà anche al diavolo, il quale, come sapete, vien rappresentato con una piccola coda attortigliata un po' al di sotto della schiena. Coeddu aveva infatti il colore dei diavoletti, benché sulla sua faccia apparissero i segni di tutte le razze umane: aveva il naso camuso di un etiope, gli occhi obliqui di un giapponese, la bocca fina e sarcastica d'un americano del nord, e l'espressione intelligente d'un ragazzetto sardo, anzi nuorese autentico. Egli abitava poco distante da casa nostra, e spesso lo incaricavamo di qualche piccola commissione. Egli volava, ma una volta compiuto il suo dovere, si sedeva per terra e stava ore ed ore immobile, indolente; se però qualcuno lo interrogava cominciava a chiacchierare e non la finiva più. Una mattina lo trovai seduto sotto l'elce del nostro orto; seduto a gambe in croce, immobile come un piccolo arabo all'ombra di una palma; con gli enormi piedi nudi trafitti da innumerevoli spine e da pezzetti di vetro; i capelli crespi coperti di polvere e di pagliuzze.

- Vai a scuola? - gli domandai.

- Sì - egli rispose, sollevando gli occhi furbi verso di me. - Sono il primo della classe; devo passare in terza e avrò anche il premio.

- Bravo! Vuol dire che ti piace studiare.

- No, mi piace più fare il pastore, perché i pastori dormono di giorno, quando fa caldo, e vegliano di notte, quando fa fresco.

- Eh, ma d'inverno?

- D'inverno accendono un gran fuoco, arrostiscono una pecora intera e se la mangiano!

- E tu adesso, cosa mangi?

- Pane d'orzo.

- Sempre?

- Sempre pane.

- Tua madre non cucina?

- Mia madre fa la serva e torna a casa soltanto la notte.

- E tuo padre?

- Mio padre è scappato; è andato in America e ci ha spiantato -. Egli voleva dire «piantato» ma in quel momento, in bocca a quel ragazzetto robusto e intelligente buttato lì per terra come una pianticella appena divelta, la parola era giusta.

- Tuo padre scriverà, qualche volta, però; e tu gli risponderai.

- Io? - egli disse con fierezza. - Mai! Io non avrò bisogno di lui. Farò il pastore, e troverò un tesoro fra le roccie, sì, uno di quei tesori nascosti dai giganti e vigilati dal diavolo. Sì, io conosco i posti, perché spesso vado sul Monte per raccogliere fasci di legna, che poi porto al Molino. Persino due lire di legna porto, io, tutto in una volta. Io sono forte: basta che scuota un albero per farlo cadere. Io prendo i falchi a volo. Io so imitare la cornacchia, la volpe, tutti gli animali. Vuol vedere? Un giorno ho battuto la scure su una roccia ed ho sentito un rumore di monete. Drin, drin, drin, drin . Segno che là c'è un tesoro. Anche mio zio Mauro, che è pastore, sa dov'è questo tesoro, ma io non dirò a nessuno dov'è il punto preciso da lui indicatomi. No, non lo dirò; non son una spia, io...

- Le spie, - proseguì, - vengono sempre castigate. Quando si sa un segreto bisogna tacere. Gli altri ragazzi miei compagni non sanno tenere un segreto, e se vedono uno far del male subito vanno ad accusarlo a qualcuno. Io no; né spia né ladro. Forse che voi mi avete mai trovato a rubare le albicocche e i fichi, nel vostro orto della Concia?

- Chissà, chissà?...

- No, vi giuro, mai! - egli gridò, incrociando le braccia sul petto in segno di giuramento. - Sono gli altri ragazzi, che rubano. Cosa mi dai che ti dico i loro nomi?

- Come, se tu non fai la spia?

Egli mi guardò in viso, senza turbarsi, ma non rispose.

Lo stesso giorno ebbi occasione d'incontrare la madre, una povera donna magra e gialla, e le domandai come si comportava suo figlio.

- Non me ne parli, sennòra Grassia ; cattivo non è, ma tanto birichino che il maestro, disperato, gli voleva dare una lira perché non tornasse a scuola. Io lo mando a raccattare legna e lui invece butta la cordicella ai rami e fa l'altalena. Ho scritto al padre perché, almeno, lo faccia andare con lui in America e gli insegni a lavorare.

Saputo che sua madre voleva mandarlo in America, Coeddu diventò ancora più selvatico e diffidente. Egli non voleva saperne, di civiltà: non voleva viaggiare, bastandogli le esplorazioni sul Monte Orthobene, dove sperava sempre di ritrovare il tesoro. La madre, una mattina ai primi di agosto, gli fece vedere una lettera e gli disse:

- Bada, ragazzo, tuo padre scrive dall'America e acconsente a prenderti con lui. Appena avrà i denari per il tuo viaggio me li manderà.

Coeddu si mise a piangere, si buttò per terra, e gridò:

- Sì, ditegli che li mandi, i denari: comprerò le pecore e farò il pastore. Lavorerò, sì, lavorerò. Datemi la cordicella; da oggi porterò tutti i giorni un fascio di legna al Molino...

La madre, intenerita, gli diede la cordicella e un tozzo di pane da soldato ,

ma egli voleva il pane bianco, e poiché in casa non ce n'era, la povera donna dovette andare da una sua vicina a farselo prestare.

E il ragazzo partì, deciso a far di tutto pur di non andare in America; ma cammin facendo raggiunse due piccoli mendicanti che ogni mattina salivano sull'Orthobene per chiedere l'elemosina ai villeggianti accampati attorno alla chiesetta della Madonna del Monte, e sentì che uno diceva:

- Oggi certo mangeremo maccheroni conditi con sugo di pollo.

L'altro si leccava le labbra sporche e schioccava la lingua contro il palato.

- Oggi certo mangeremo pere, di quelle gialle, farinose come le patate...

Sulle prime Coeddu si beffò di loro; poi domandò pensieroso:

- Chi vi dà queste cose buone?

- Le serve, lassù. Noi portiamo loro le legna e in cambio riceviamo tante cose buone.

La strada era ripida, polverosa: ma arrivati in alto i tre ragazzetti videro il mare, tutto color d'oro, con un monticello azzurro davanti, e sentirono fresco come se la spiaggia fosse lì vicina. Intorno alla chiesetta sorgevano tende e capanne; fanciulle vestite di giallo e d'azzurro vagavano nel bosco, piccole, sotto gli elci secolari e le roccie enormi, come farfalle variopinte.

Avvenne che anche Coeddu fu creduto un mendicante: una serva bruna, dal viso olivastro e gli occhi colore di miele, bella come una Samaritana, lo incaricò di andare a raccattare un po' di legna nel bosco, per cuocere i maccheroni; e poi gli fece parte di questi. Egli dimenticò che doveva portare le legna al Molino; s'indugiò per assistere ai giochi dei bambini villeggianti che cercavano la tana delle biscie. Si udiva il lamento di un violino, e pareva che gli alberi mormorassero per accompagnare quel suono simile ad una voce umana; le serve accovacciate entro le capanne basse, preparavano il caffè cantando anche loro una nenia melanconica.

Coeddu non pensava più all'America e al tesoro, quando d'un tratto vide un uomo alto, dal viso scuro circondato d'una folta barba rossiccia, salire la china, seguito da un agnellino nero e da una cagna bianca.

- Ziu Mauru! Siete voi? - gridò correndogli incontro.

Sì, era proprio suo zio, che aveva l'ovile poco distante dalla chiesetta e veniva a portare il latte ai villeggianti. Zio Mauru era un uomo semplice: ecco perché a cinquant'anni era ancora servo: ed ecco anche perché, invece di sgridare il nipotino, vedendolo lassù, cominciò a chiacchierare con lui come con un uomo serio, dandogli ragione a proposito del viaggio in America. Anche lui non era mai uscito dal circondario di Nuoro. Coeddu lo accompagnò fino all'ovile, che consisteva in una capannuccia di frasche; vide fra gli alberi come un muricciuolo bianco e nero; ma d'un tratto quel muro si aprì, si sciolse, cambiò posto; erano le pecore che dormivano ammucchiate, e alla frescura della sera si svegliavano e si mettevano a pascolare in fila.

Coeddu, incantato, sedette davanti alla capanna mentre l'agnellino nero succhiava il latte dalla cagna, e ziu Mauru raccontava la storia di un bandito che teneva sempre appesa al collo una moneta del tempo degli Ebrei, spesa da Gesù, e perciò non era mai stato colpito da palla nemica, né colto dalle febbri né dal carbonchio.

Tanto era il fascino provato da Coeddu che egli finì per addormentarsi: anche nel sonno vedeva la luna cadere sull'orizzonte, rossa come un corno di corallo, udiva ancora il violino lontano lontano, come la voce di una fata; distingueva il brucare delle pecore, lo scricchiolìo degli steli d'asfodelo che si spezzavano sotto i loro denti; e sopratutto sentiva la musica dolce e monotona delle loro campanelle simile ad un tintinnio di bicchieri di cristallo battuti da un coltello.

L'indomani i piccoli mendicanti, che la sera prima erano ridiscesi a Nuoro, gli dissero:

- Tua madre è arrabbiata come un verro; appena torni ti manda in America.

- Ed io me ne sto quassù! - egli rispose.

La serva Samaritana lo mandava a prendere il latte, l'acqua, le legna, intanto che lei discorreva con uno studente: e per compenso Coeddu riceveva enormi piatti di maccheroni, di risotto, avanzi di pernici e code e teste di trota, pere che cominciavano a guastarsi, cetrioli e pomodori conditi con olio, aceto, pepe e sale. Una sera egli sentì forti dolori di pancia e sognò che un cane gli mangiava le viscere. Non sapeva perché si sentiva triste: i piccoli mendicanti provavano gusto a tormentarlo, portandogli terribili ambasciate da parte di sua madre; e per placare la povera donna egli pensava di mettersi con coraggio alla ricerca del tesoro. Un giorno prese dunque la scure di zio Mauru e cominciò a vagare per il bosco, fermandosi di tanto in tanto per frugare fra le roccie alte e deserte, e battere il ferro sul granito che qualche volta tintinniva come il cristallo. Arrivò così in un posto solitario ed orrido, dove le roccie avevano aspetti strani, di cavalli con la testa d'uomo, di rane, di pesci, di serpenti: il silenzio che le circondava le rendeva più misteriose. Invano egli, per farsi coraggio, imitava il grido ed anche il muover delle ali della cornacchia: qualche cornacchia vera rispondeva, ma invece di rianimarsi, egli sentiva crescere il suo terrore. Tuttavia procedeva, riconoscendo il posto dove, secondo raccontava ziu Mauru, un vecchio pastore aveva ritrovato un tesoro, cioè un mucchio di monete d'oro che il fortunato uomo, pazzo di gioia, s'era affrettato a mettere entro il suo fazzoletto gridando:

- Diavolo, questa volta son ricco! -. Ma immediatamente, entro il fazzoletto le monete s'erano cambiate in pezzetti di carbone!

Coeddu però, deciso a non fiatare, e sopratutto a non invocare il diavolo, che nel sentire il suo nome tramuta le monete in carbone, procedeva cauto, silenzioso, anche perché aveva paura delle biscie, che hanno la coda d'argento e sferzano e tagliano la faccia a chi le molesta.

Roccie e sempre roccie: fra gli alberi contorti, simili a mostri dalle cento braccia, si vedeva il mare, ed i monti di Oliena parevano di neve azzurrognola; ma d'un tratto l'orizzonte si chiuse; il ragazzetto si trovò come in un cortile circondato da muraglie ciclopiche, e il cielo, in alto, apparve d'un azzurro intenso, quasi oscuro come al cader della sera. Qua e là fra le roccie si vedevano larghe e profonde buche, e da una di queste, d'improvviso, uscì un sibilo come quello di un treno che sbuca da una galleria. Un sudore gelato, un pallore mortale coprirono il viso di Coeddu: egli si buttò a sedere su una pietra e strinse le labbra per non gridare; gli parve che la muraglia di roccie si movesse stranamente attorno a lui, e che il cielo diventasse ancora più scuro; provò un capogiro, sollevò gli occhi e vide tre giganti nudi saltare di roccia in roccia e avvicinarsi a lui. Allora diede un grido e svenne.

Zio Mauru lo trovò lassù, steso al suolo come morto. Lo portò al suo ovile, poi in paese, e fu chiamato un prete che lesse il Vangelo per scacciare i fantasmi ond'era tormentato l'infelice ragazzo. Ma egli continuò a delirare ed a parlare di giganti e di diavoli; allora fu chiamata una donna, che versò sette goccie d'olio di lentischio e mise sette piccole brage entro un bicchiere e così, preparata "l'acqua dello spavento" la fece bere al malato, che vomitò ma continuò a delirare. Finalmente fu chiamato il medico.

- È una forte gastrica - egli disse: e ordinò che Coeddu prendesse tre purghe.

Gli anni sono passati. Coeddu ha trovato il tesoro senza cercarlo oltre, perché suo padre gli ha mandato tremila lire dall'America, ed egli ha comprato quaranta pecore ed un cane; adesso ha quindici anni e più che mai desidera di non lasciare la montagna natìa, convinto di aver veduto ciò che, anche a girare tutto il mondo, non si vede più: i giganti.

Lo rividi pochi giorni or sono: seduto sulle pietre del varco della tanca egli mangiava il suo pane d'orzo e guardava le pecore a pascolare.

La pace del crepuscolo luminoso si rifletteva nei suoi occhi; i suoi denti scintillavano come le foglie degli elci, la sua figurina grigia e nera si confondeva con lo sfondo del paesaggio, fra le roccie di granito ed i tronchi scuri degli alberi. Così egli formava come una parte stessa del luogo solitario e grandioso; e quando mi raccontava la sua avventura io ero tentata di credergli. Chissà? Forse i giganti esistono davvero, nel misterioso mondo delle montagne; sono essi che accumulano le roccie e coltivano le quercie sempre rigogliose e fresche. Ma noi, abitanti delle città, non li vediamo perché essi si nascondono al nostro apparire. Essi forse hanno paura di noi come noi abbiamo paura di loro.

LA STORIA DELLA CHECCA

È già la terza volta che la signorina Checca tenta di scappare di casa. Finché sta con noi, in famiglia, sembra appassionata per la casa: gira di qua, gira di là, corre verso l'uno e l'altro, curiosa e allegra, canta, si fa grattare sulla testa ed è, insomma, la nostra consolazione: ma appena è sola, forse perché ha bisogno assoluto di compagnia, scende in giardino, salta la cancellata e vola nella strada, col rischio di cadere fra le grinfie del suo giurato nemico, il gatto.

Poiché, lo avete già indovinato, la signorina Checca è una gazza.

È una gazza vera, autentica, nata in un bosco in riva a una palude: un cacciatore l'ha presa dal nido, e dopo averle tagliato le ali e la coda l'ha portata in regalo a una famiglia amica. Ma se ancora non sapeva volare, la gazza, sapeva già beccare; alle liete accoglienze della famiglia amica, rispose quindi con pungenti beccate, e dove toccavano erano dolori.

Così cominciò a inimicarsi la serva, tanto più che per domicilio le fu assegnata la cucina, il cui pavimento fu in breve, per opera di lei, tutto fiorito di caccoline simili a goccie di crema. Allora la serva si armò di scopa, e fra la scopa e la gazza cominciò una battaglia infernale. Il povero uccello beccava il suo insensibile nemico, saltellando e svolazzando con una danza disperata: la scopa era più forte di lei, agitata dalla mano della serva, e le fece passare un brutto quarto d'ora.

Ancora, quando vede una scopa, la Checca svolazza e fugge con terrore, e forse la crede una cosa viva, un mostro crudele. E nemmeno oggi sa che la serva propose alla padrona questo dilemma:

- O via quell'uccellaccio, o via io.

Così è capitata in casa nostra.

In casa nostra non ci sono bambini. I tempi sono troppo difficili e i denari scarsi per poter comprare bambini: allora abbiamo pensato di farcene prestare qualcuno, di tanto in tanto; specialmente ci viene prestata spesso una bambina della quale s'è già parlato in questo libro: una certa Mirella, ma questa Mirella adesso va a scuola e studia indefessamente: quindi non può tutti i giorni rallegrare la casa senza bambini: allora come si fa? Si cerca di dimenticare, e come la cicoria diventa il surrogato del caffè Moka, così gli animaletti del buon Dio, gli uccelli, i gatti, prendono il posto dei bambini.

La Checca è la preferita.

Il giorno che venne a casa nostra, tutti le si andò attorno, facendo a gara nel porgerle molliche di pane e carezze: le prime le accettava, alle seconde rispondeva con strida e beccate. Non per questo fu maltrattata, anzi fu portata subito in giardino, su un alberello, e mentre lei guardava meravigliata il sole, ed i suoi occhi prima verdi per la rabbia adesso ridiventavano azzurri, si pensò di farle una casetta da collocarsi sull'albero stesso, in modo che lei credesse di essere ritornata nel bosco natìo.

Fu un lungo affaccendarsi in parecchi, grandi e piccoli. Tutti gli strumenti necessarî, seghe, roncole, martello, tanaglia, chiodi, ecc., lavorarono attorno alle assi e ai bastoni per la costruzione: in breve lo spiazzo del giardino si mutò in un cantiere: per fortuna intervenne anche un certo mastro Lello, bravissimo per lavori in legno, e così, Dio volendo, la casetta col suo bravo tetto, con dentro il bastoncino traversale per il sostegno della gazza, e davanti un'asse per il mangime e il vasetto dell'acqua, fu ultimata.

Fu legata fra i rami dell'albero, fornita di grano e di molliche di pane; ma la gazza rifiutò di entrarvi e ancora non ci ha messo zampa.

Eppure, quando vuole, è l'uccello più intelligente e domestico che si possa immaginare. Ama stare in casa e tutto la interessa; vuol veder tutto, e in tutto ci mette il becco: (adesso capisco il significato di questa espressione dovuta certo a qualche vecchio sapiente che ha vissuto in compagnia di una gazza o di una cornacchia).

Viene volentieri sul braccio, e si lascia accarezzare, molle e remissiva come una colombina nera; ma appena può allungare il collo, il suo becco afferra il primo bottone che capita, e non lo lascia se non per aprirsi al passaggio invisibile di qualche insetto, o all'apparire del gatto.

Col gatto fingono di non vedersi neppure: l'uno volge la testa in qua l'altra in là: ma appena si incontrano che nessuno li vede si azzuffano mortalmente: se qualcuno non interviene a tempo succede la più immane tragedia che la storia dei gatti e delle gazze possa ricordare.

Tutti le vogliamo bene, e quando sta appollaiata sulla ringhiera della terrazza, i bambini della strada la chiamano e la desiderano.

- Checca, Checca, oh bella Checca!

Lei risponde, si volta di qua, si volta di là, e per l'allegria canta, rifacendo i versi degli altri uccelli e ripetendo anche il suo nome. Ma la sua felicità maggiore consiste nel fare il bagno. Ferma con le zampe sull'orlo della tinozza, dapprima beve, sollevando ad ogni sorsata la testa in modo che par di vedere l'acqua scorrerle sotto le piume scintillanti della gola: poi immerge bene il becco nell'acqua e lo scuote: le piume della testa si bagnano e si arruffano, e poiché il gioco del becco continua, anche il petto, le ali, e giù fino alla coda, tutto viene spruzzato abbondantemente d'acqua. Quando si sente bagnata fino alle ossa, torna di sua iniziativa sulla ringhiera della terrazza, al sole, col ciuffo erto come quello di un guerriero pellirossa, e completa la sua toeletta beccandosi sotto le ali.

E per dimostrare che ama svisceratamente la pulizia e la vita tranquilla, ogni tanto apre il becco e vi fa sparire dentro le mosche moleste.

Con tutto questo, trattata bene, accarezzata, presentata a personaggi di riguardo, salvaguardata dal freddo, dalla pioggia, dai gatti, dai monelli che attentano alla sua libertà, appena può scappa.

Ora, una mattina, pensò di volar giù dall'albero e andarsene per il mondo. L'attiravano i gridi dei rivenditori del piccolo mercato in faccia al giardino: deve aver pensato: - Là c'è gente allegra, ed a me piace la compagnia.

Arrivata infatti, coi suoi rapidi svolazzi, sulla cancellata davanti al mercato, vide le erbivendole vestite di stoffe variopinte, sentì l'odore del formaggio e della carne di agnello, e le parve che laggiù ci fosse la fiera.

Tutti erano allegri e gridavano come in un mercato per gioco.

Il pescivendolo urlava: - È arrivato il bastimento, col pesce pescato stamattina. È arrivato il bastimento.

E la rivenditrice d'uova: - Uova, uova, a dodici baiocchi l'una. Non sono uova, sono palloni. Ci vuole il bastimento per portarne via uno: palloni, palloni.

L'abbacchiaro declamava: - A otto lire, solo otto lire l'abbacchio. Venite, venite. Quanto sono bello.

Ma il pescivendolo insisteva: - Ritirati, abbacchiaro! Tutti vengono da me. È arrivato il bastimento.

La Checca, stordita balzò giù sul marciapiede. Credeva forse di poter saltellare e divertirsi come nella nostra cucina: ma non era arrivata a terra che già un monello l'aveva ghermita per le ali, e nonostante le sue strida e le sue beccate la portava via di galoppo, seguìto da una torma di compagni.

La portò a casa sua: triste casa in una cantina buia, piena di gente che nonché amare gli uccelli del buon Dio non ama neppur sé stessa.

- È buona da mangiare? - domandò al ragazzo una vecchiaccia, facendo atto di torcere il collo alla Checca.

E il monello per salvar la gazza la portò in un sottosuolo, la legò per la zampa con uno spago, le porse da mangiare dei grossi chicchi di granturco. La Checca non era abituata a questo trattamento. Stanca di stridere e di beccare si accasciò, si nascose in un angolo, fin dove le permetteva lo spago e lasciata sola, tanto per fare qualche cosa cominciò a beccare il muro e vi fece un buco, poi, stanca, con le zampe insanguinate per lo stretto nodo dello spago, pensò forse che tutto era finito per lei. Tirò su e nascose fra le sue piume la zampetta ferita, e ferma immobile sulla zampa sana chiuse gli occhi e si addormentò.

Per fortuna i compagni invidiosi del monello fecero la spia. Dopo lunghe ricerche la Checca fu ritrovata e riportata a casa. Ricevette rimproveri, carezze, molliche: tutto il giorno dopo stette di cattivo umore, stordita, con gli occhi verdi come quando è nell'ombra. Senza dubbio ricordava e si pentiva, poi ritornò ad essere allegra, a rimettere il becco nelle faccende di casa, a cantare e beffarsi degli altri uccelli meno forti e meno fortunati di lei.

Finché, di nuovo lasciata sola, scappò una seconda volta.

Ma di questa nuova avventura riparleremo un altro giorno.

IL MIO PADRINO

L'uomo più buono del mondo ch'io ho conosciuto era il mio padrino: e non poteva essere che tale, se era l'amico intimo di mio padre.

Mio padre non usciva, si può dire, fuori di casa, eppure conosceva, o meglio era conosciuto, da una infinità di gente; amici di paesi lontani venivano a trovarlo e gli volevano bene. Molti, veramente, cercavano più che altro il suo aiuto, ma alcuni si contentavano della sua sola compagnia. Egli non cercava nessuno: amava però e aiutava tutti quelli che cercavano di lui.

Questo mio padrino veniva a trovarlo da un paese allora lontano, perché le linee automobilistiche ancora non tagliavano la dura solitudine delle terre di Sardegna.

Veniva a cavallo, pacificamente, ma pareva avesse volato, tanto il suo viso era fresco; sulla barba molle e candida gli rimaneva il riflesso delle bianche nuvole vagabonde sopra il monte Gonare, e negli occhi la placidezza della luna nuova.

Al suo arrivo mia madre diceva alla serva:

- Accendi tutti i fornelli.

E i fornelli venivano accesi come per le feste solenni. Mio padre conduceva il suo amico in cantina, donde risalivano ridendo come bambini.

Dopo la cena rimanevano loro due soli a tavola, con la bottiglia che s'inchinava ora verso l'uno ora verso l'altro salutandoli, poi si rialzava e pareva ascoltasse i loro discorsi interrompendoli di nuovo coi suoi inchini quando accennavano a diventare melanconici.

Anche le cose più tristi dovevano essere raccontate con allegria serena, quella notte: i due amici si prestavano a vicenda le loro angustie e cercavano di non restituirsele perché ognuno di loro le dimenticasse.

Il canto del gallo metteva punto e basta ai loro racconti. E anche la bottiglia non s'inchinava più perché non aveva più forza né volontà: era vuota.

Una di quelle notti la serva andò a chiamare la mia piccola nonna: entrambe salirono nella camera di mia madre e poco dopo la serva ritornò giù dov'erano i due amici. Disse:

- Padrone, la padrona vi manda a dire che ha comprato una bambina, adesso, pochi minuti or sono.

- Perché non hai avvertito? - rimproverò mio padre.

- Perché la padrona non ha voluto disturbare la loro compagnia.

Mio padre andò su a vedere: una bambina appena fasciata stava dentro un canestro accanto al caminetto acceso: pareva davvero comprata da poco al mercato.

L'amico domandò il permesso di vederla anche lui: e mio padre disse:

- Ecco una bella occasione per diventar compari.

- Benissimo; e come la chiameremo?

- La chiameremo Grazia.

È così l'ospite diventò mio padrino.

Io sentivo raccontar da lui quest'avvenimento molti anni dopo.

Durante l'infanzia non mi sono molto curata del mio padrino; le sue visite mi interessavano solo per il fatto ch'egli portava bei regali di frutta e di dolci.

Una volta mi portò un piccolo muflone: e tutta l'aria vasta della montagna e l'irrequietudine misteriosa dei boschi entrò in casa con la graziosa bestia, ch'era ancora allo stato selvatico ma timida e buona di bontà naturale.

Tutti gli altri animali addomesticati che popolavano quell'arca di Noè che era il nostro cortile, respirarono nell'odore del muflone l'aria natìa delle macchie e dei covacci fra le rupi; lo circondarono quindi come per salutarlo: esso però aveva paura anche delle lepri, e d'un balzo fu sopra la legnaia come in cima ad un monte.

E ci volle la pazienza e l'agilità del padrino per farlo ridiscendere in pianura.

Fu quella volta ch'egli raccontò, mentre si stava a tavola, una sua avventura di viaggio.

- La mia visita, compare e comare, questa volta non aveva il solo scopo di vedervi e salutarvi: mi sono mosso di casa perché da alcuni giorni un gran mal di denti mi torturava: tutti i rimedi ho provato, sciacqui, impacchi, roba calda e roba fredda, preghiere, scongiuri: invano; soffrivo tanto che per la prima volta ho peccato contro la volontà del Signore: ho desiderato di morire. Finalmente mia moglie dice: va a Nuoro; là ci deve essere un dentista. Ed io parto; di solito mi piace viaggiare, vedere lo stato delle campagne, sentire il canto degli uccelli. Questa volta non vedo nulla, non sento nulla, tanto è il dolore: cammino come attraverso una nebbia. Ed ecco d'un tratto, sotto il Monte Gonare, vedo sbucare, come appunto dalla nebbia, tre brutti cristiani, così brutti che sembrano i Giudei che hanno ammazzato Gesù. Ed anche me vogliono ammazzare, se non consegno loro subito i denari e quanto ho con me. Vogliono anche il cavallo. Prendete, prendete pure, fratelli cari, e Dio vi assista. Allora mi fanno smontare e mi spogliano come Cristo: e rimango solo col muflone che s'era prudentemente nascosto. Rimango solo e spoglio; ma cos'è, cosa non è? Il mondo mi sembra mutato; vedo i prati in fiore, sento l'allodola, e mi pare di aver incontrato, non i tre malandrini, ma San Francesco in persona. Ebbene, è il mal di denti che è cessato: l'emozione me l'aveva strappato di bocca meglio del dentista. E siano benedetti dunque i tre valentuomini.

Egli parlava sul serio: con la sua barbetta bianca e il placido viso sembrava lui San Francesco in persona.

I LADRI

La terribile compagnia era composta di cinque individui, tre maschi e due femmine, e, pare impossibile, ma pur troppo è così, il capo era appunto la maggiore di queste.

È vero che era anche la più vecchia e astuta della banda; fu lei a riunirla, un giorno, nei prati dietro il Policlinico dove appunto un tempo convenivano i più terribili malviventi e accadevano efferati delitti; e indicò il posto destinato alla prossima spedizione.

- Si va giù di qui, per la strada nuova dove fabbricano i villini: in uno di questi ci sta un dottore che non è mai a casa: nel giardino ci sono tante rose, fave e carciofi. Tu, Gigetto, scavalcherai la cancellata e aprirai il cancello: noi si entra, voi due, Mario e Assunta, spiccate i fiori e le fave, e se c'è tempo i carciofi; io li raccolgo.

- E poi scappi, vero? - disse Mario, puntandole un dito sugli occhi.

- E non mi accecare di', altrimenti ti cavo gli occhi anch'io - urlò lei scostandosi. - E come posso scappare con questo cocco addosso? E scosse e parve voler scagliare contro il compagno Mario il più piccolo della compagnia, un bambino di poco più di un anno, ch'ella teneva in braccio.

Parlò Gigetto. Gigetto teneva sempre le mani ficcate nelle tasche sfondate delle sue brache, e aspirava ad essere lui il capo della spedizione.

- Lascia fare a me, Concetta: tu hai otto anni e mezzo e io otto anni: e otto anni nei maschi sono come dieci nelle femmine. Lo so anch'io dov'è quel posto; lo so meglio di te. Ci sono già entrato: si può entrare dal muro di dietro. Ci sono anche i piselli, ma ci vuole troppo tempo a prenderli. Allora facciamo così...

- No, facciamo come ho detto io; altrimenti non vengo - disse sdegnata la capitana.

- E se non vuoi venire meglio; così la roba sarà tutta nostra.

- È quello che si vedrà - urlò Concetta, scagliandosi contro di lui: anche gli altri due cominciarono a strillare, e per poco non ci andò di mezzo, schiacciato dalla mischia, il povero piccolo cocco.

Poi, calmatisi gli animi, la spedizione fu eseguita lo stesso, e con una certa tattica. Avanti andavano Assunta e Concetta, naturalmente col piccolino che si affacciava sulla spalla della sorella come ad una finestra dalla quale tutto gli appariva bello e interessante.

D'un tratto però, arrivati alla strada nuova dove alcuni villini erano in costruzione ed altri già finiti, egli si mise a strillare.

- Mo' ci mancava questa - disse Concetta preoccupata: e dapprima tentò di calmarlo con le buone, poi lo tempestò di pugni; infine trasse di saccoccia due ciliege acerbe e gliele fece danzare davanti al viso. Egli tacque subito e aprì la bocca come il becco di un uccellino di nido.

Così arrivarono al cancello del giardino predestinato alle loro gesta.

Il luogo sembrava proprio disabitato: chiuse le finestre della casa, deserto il giardino. Le rose e le piante delle fave si dondolavano al venticello di ponente, quasi salutassero le bambine invitandole a farsi avanti. I carciofi erano più tronfi ed austeri, rifugiati in cima agli alti gambi dove pareva non avessero paura di nulla. C'erano anche gli asparagi verdi con la testa violacea; ma di questi le bambine non si curavano perché non ne avevano mai sentito il sapore.

Sopraggiunti i due maschi si schierarono tutti lungo la cancellata studiando il modo migliore per entrare. Anche Gigetto fu del parere di dare la scalata al cancello, di aprirlo e fare entrare la banda in giardino. Ciascuno avrebbe lavorato per conto suo e, messo poi assieme il bottino, lo si sarebbe diviso. Lui intanto si era provveduto di un paio di forbici, che teneva infilate come un pugnale alla corda che gli serviva di cintura, e guardava i carciofi come un popolo nemico da sterminare.

Mario, più mite e sognatore, pensava ai piselli, così dolci e difficili da cogliersi: la bionda Assuntina guardava con desiderio le rose, mentre Concetta spregiudicata e selvaggia, avrebbe volentieri fatto man bassa di tutto.

Quando furono certi che nessuno poteva vederli, Gigetto s'attaccò alle sbarre del cancello, vi salì su come un verme, e con ammirazione i compagni lo videro rimbalzare giù dall'altra parte e cadere dritto davanti a loro. La fortuna li assisteva: il cancello non era chiuso a chiave e parve aprirsi da sé, complice silenzioso.

La prima ad entrare fu Concetta: così sicura di sé che depose il bambino per terra, sulla ghiaia del viale, sulla quale egli subito si piegò giocando coi sassolini e le sue due ciliege acerbe.

In un attimo il giardino fu devastato: Gigetto tagliava abilmente i carciofi sul basso del gambo, per prenderli a mazzo; Mario strappava addirittura le piante dei piselli e Assunta, con le mani insanguinate per la puntura delle spine stroncava i rami delle rose. L'avida Concetta correva qua e là come una volpe afferrando tutto quello che poteva: il sottanino rialzato le serviva di borsa e si gonfiava sempre più.

Persino i gatti che meriggiavano beati sotto le foglie tropicali delle piante dei carciofi balzavano spaventati e fuggivano. Solo le gentili rose e le stupide fave continuavano a dondolarsi al venticello come se il disastro non le riguardasse per niente.

Dio vigila però contro il male.

D'un botto una finestra si aprì, apparve un viso terribile, con una gran barba nera e due occhi di fuoco, e una voce tonò:

- Mettete giù tutto, mascalzoni. Subito giù o vi sparo.

Un'altra finestra si aprì: una voce di strega gridò:

- Aspetta, aspetta, adesso vengo io, canaglia!

I ladri se la diedero a gambe, lasciando il bottino.

E quando il dottore venne giù a precipizio trovò solo il piccolo cocco abbandonato sulla ghiaia del viale.

- Chi sei? Come ti chiami? - urlò.

Il bambino lo guardò di sotto in su, coi suoi occhi azzurrognoli di cornacchia, poi gli fece vedere le sue due ciliege mezzo rosicchiate; infine gli porse la manina perché venisse aiutato ad alzarsi.

E il dottore si mise a ridere: poi dovette mandare la serva a rincorrere i ladri per riconsegnare loro il povero piccolo cocco.

CHI LA FA L'ASPETTI

Mimmo e Momo avevano deciso di scappare in America. E volevano scappare, non dopo aver letto libri di avventure, ma perché loro due, che fino dalla nascita si erano sempre azzuffati, in un punto solo si trovavano d'accordo: nell'odio per i libri.

Figli di contadini arricchiti, erano stati mandati a scuola e dovevano diventare dottori, oppure, e questo è il più, veterinari o chimici. La faccenda andò benissimo finché si trattò delle scuole elementari. C'era da divertirsi: poiché i due bambini vivevano in piena campagna, in una grande casa colonica, e per andare a scuola dovevano percorrere una lunga strada, fra due larghi fossi d'acqua corrente che parevano fiumi. Vigne e campi e alberi, da una parte e dall'altra; nidi, rane, uccelli, e animaletti di tutte le specie. E poi i compagni, e gli avversari del paese vicino: e l'osteria a metà strada dove si trovava di tutto; caramelle, fichi secchi, sucaroi (castagne secche), grissini, un bel fuoco d'inverno e il gelatino d'estate.

Questa strada era dunque la stessa strada del paradiso terrestre. Spesso le borse coi libri istupiditi dal gelo o dal sole, si trovavano a giacere fra l'erba come cadaveri di borse ammazzate.

D'inverno, pare impossibile, il divertimento era maggiore: ci si fermava ad aspettare che il caladon , la primitiva macchina spazzaneve, coi suoi otto buoi fumanti, tracciasse un sentiero sulla strada coperta di neve; e quando il lavoro era iniziato, i bambini si attaccavano dietro al pesante triangolo tutto brillante di catene di ferro, illudendosi di esser loro a spingere in avanti la macchina. Poi venne l'era delle biciclette. Momo e Mimmo ne ebbero due eguali, da ottocento lire l'una; i genitori non badavano a spese, purché i loro figli diventassero dottori o, speriamo, veterinari o chimici.

Ma il bel tempo adesso era finito. Imparato a memoria «l'albero a cui tendevi la pargoletta mano», bisognava pensare al latino. E Mimmo e Momo dovevano filare in collegio. Fosse stato un grande collegio, in una grande città come Londra o Roma, o almeno come Parma. No, si trattava del collegio di Casalmaggiore, dalle cui finestre si vedono i contadini che vanno alla fiera, e in lontananza i campi coltivati dai genitori e la strada del paradiso oramai perduto.

Per questo, i due fratelli avevano deciso di scappare in America.

Essi volevano fare i contadini, come i loro padri, come i loro avi e gli avi degli avi fino al signor Adamo, quello che appunto era stato scacciato dal paradiso terrestre e s'era poi guadagnato il pane quotidiano col sudore della sua fatica.

- Noi venderemo le biciclette, al meccanico che sta di fronte al Collegio: poi prenderemo il treno e via - disse Mimmo; e tirò dalla piccola bocca rossa un bel fischio che parve una stella filante sul cielo notturno di agosto.

Momo era più piccolo ma più pratico. Fu lui che pensò al cestino con le provviste, e alle prime spese del viaggio.

Qui si deve sapere che nella casa dei contadini c'era di tutto; certe cose, però, poiché l'olivo, la pianta del caffè, quella del cotone e del ricino, non allignavano nei campi intorno, e le saline e i zuccherifici e le miniere di petrolio distavano alquanto, certe cose, dunque, bisognava comprarle in paese. I due ragazzetti, poiché le donne non uscivano mai di casa e gli uomini erano occupati nei campi, se ne incaricavano loro; Momo specialmente che era bravissimo a tirare il prezzo e scrupoloso anche del centesimo.

Dal manubrio della sua bicicletta pendeva sempre un cestino che partiva vuoto di casa e tornava pieno. Spesso si comprava anche il pane, poiché quello fatto in casa era troppo duro per i denti degli ospiti: e ospiti in casa non ne mancavano mai.

Ora, un giorno, la nonna dei due ragazzi, che era una donna molto tirata, e spesso alla notte non dormiva, preoccupata per il caro-viveri sempre crescente, provò un forte male al cuore perché Momo le fece sapere che il prezzo del pane era aumentato. Nientemeno che di dieci soldi al chilo, era aumentato. E pure il sale costava il doppio di prima.

- Se si comincia così, Dio sa dove si va finire. Il pane? Il sale? Ma allora tutto il resto aumenterà terribilmente.

- Proprio così, nonna, proprio così. Avevi ragione tu, ieri, nonna - disse Momo il giorno dopo, pensieroso e preoccupato. - Tutto è aumentato: il caffè, lo zucchero, il petrolio, i lucignoli; persino i chiodi: vedi, costano adesso due soldi l'uno. I più piccoli, eh?

- Dio, Dio, dove si andrà a finire? Verrà certo la rivoluzione.

- Speriamo di no, nonna, perché i primi a soffrirne saremo noi. Pensa, se vengono qui, i rivoluzionari, ci portano via le vacche e il maiale. Ci pensi?

La nonna allora si rassegnava. Meglio pagar caro il sale che rimetterci il patrimonio. E sborsava i soldi sospirando.

- Sai, Mimmo, - disse Momo al fratello, quando si trattò sul serio di fuggire, - ho messo da parte quasi novanta lire, in questi ultimi giorni, con la cresta fatta sulla spesa.

Poiché, voi l'avete indovinato, questo rincrudimento del caro-viveri, dipendeva unicamente da lui.

Venne il gran giorno. I due fratelli avevano già combinato la vendita delle biciclette, e portato nel pagliaio una vecchia valigia con biancheria, scarpe, un salame, due grosse pere, un piatto di metallo da vendersi in America, il lucido per le scarpe, filo, aghi, forbici. Di tutto si erano provveduti, lasciando a casa intatti i libri e i quaderni di scuola.

Li odiavano talmente, i libri, che non pensavano neppure a consultare l'orario delle ferrovie; tanto nelle stazioni si sa tutto, e domandando quale strada si deve prendere, si arriva anche al Polo Nord.

Per non commuoversi e non tradirsi, essi decisero di partire senza salutare nessuno: solo al cane, che, forse accorgendosi delle loro intenzioni, li seguì sulla strada, fecero un segno di addio. E fu tutto.

Il meccanico, col quale si era già stabilita la vendita delle biciclette, li aspettava sulla porta del suo negozio, accanto alla vetrina piena di oggetti luccicanti e misteriosi.

Era un uomo alto quanto la sua porta, con due lunghissimi baffi rossi che ai ragazzi studiosi del Collegio ricordavano la calata dei barbari in Italia col re Alboino e i relativi feroci longobardi, i baffi dei quali dovevano essere così. Il meccanico, al contrario, era un bonaccione, uomo di coscienza, incapace di far male a una mosca. Tanto è vero che sul prezzo delle biciclette, da lui stesso un anno prima vendute, non aveva speculato di un centesimo. I due fratelli, già esperti negli affari, ne domandavano settecento cinquanta lire per ciascuna, e settecento cinquanta lire per ciascuna il meccanico era disposto a sborsare.

Quando i due agili cavallini di metallo furono appoggiati uno dietro l'altro alla parete del negozio, il meccanico aprì il cassetto del suo banco e vi guardò dentro profondamente.

Il cuore dei due mascalzoncelli batteva di gioia: la mano sudicia di Momo già si tendeva per prendere i denari.

- Ma ragazzi, - disse il meccanico, con la sua bella voce baritonale, - non sarebbe meglio che i denari li prendesse vostro padre? Dopo tutto è lui che ha comprato le biciclette.

- Tanto più che io sono qui presente, - disse il padre dei ragazzi, saltando fuori dal retrobottega come il diavolo dalla scatola.

Qui bisogna spiegare quello che voi avete già capito: il meccanico aveva avvertito il disgraziato padre delle perverse intenzioni dei ragazzi: e il padre, senza affaticarsi a dar loro lezioni con o senza fiocchi, li prese uno per mano e li condusse al Collegio. Non c'era che da attraversare la strada.

La valigia rimase in deposito dal meccanico.

Quando furono nel Collegio i due avventurieri piansero, di rabbia s'intende, poi, appena furono soli ricominciarono a litigare e a bastonarsi.

Pianse anche la madre, quando seppe della loro ingratitudine; pianse anche la nonna. Ma il giorno dopo ella si consolò nel constatare che il prezzo del pane e degli altri viveri diminuiva in modo impressionante.

LA FANCIULLA DI OTTÀNA

Nell'antico paese di Ottàna vivevano sette fratelli, - tre bruni, tre biondi e uno albino - e tutti sette andavano così d'accordo che erano l'invidia dei vicini e persino dei loro stessi parenti. Allora uno di questi, più invidioso degli altri, invitò a caccia un uomo ritenuto nemico dei sette fratelli, lo condusse in un bosco, e là, mentre aspettavano che la luna tramontasse e il cinghiale scendesse a bere alla fontana, lo uccise e ne nascose il cadavere sotto una macchia di lentischio. I sette fratelli furono accusati di quest'omicidio, e dovettero scappare e farsi banditi, per non venir impiccati come veri assassini; ma anche nella disgrazia continuarono a volersi bene; e quando tre di essi dormivano gli altri quattro vegliavano. Gira e rigira, per boschi e foreste, finirono col trovare rifugio in un nuraghe del Goceano. Il nuraghe del Goceano era ancora intatto, non solo, ma frugando negli angoli oscuri il fratello albino trovò freccie e coltelli di pietra, vasi di sughero come ancora adesso li usano i pastori sardi e cucchiai fatti con le unghie delle pecore. Un terrapieno sostenuto da grossi macigni, circondava il nuraghe: l'edera e il lentischio crescevano fra le pietre del misterioso rifugio. Là, dunque, i sette fratelli stabilirono la loro abitazione: di là partivano alla mattina presto, andavano a caccia, tornavano alla sera e mangiavano; poi mentre alcuni di essi vegliavano sul patiu come sentinelle sull'alto di una fortezza, gli altri, prima di addormentarsi, raccontavano storie dei primi abitatori dei nuraghes e l'albino sosteneva che questi erano stati gli Atlantidi, rifugiatisi in Sardegna mentre l'oceano sommergeva la loro terra misteriosa. E quando il fratello anziano riferiva le leggende sentite raccontare dal nonno, intorno a Sardus pater e al tempio che gli antichissimi sardi gli avevano eretto, gli altri fratelli si levavano la berretta e ascoltavano con religiosa attenzione. Ognuno di essi aveva al collo, attaccata a una strisciolina di cuoio, una moneta con l'effigie di Sardus pater, che li preservava da sventura.

Dunque, un pomeriggio d'aprile, dopo aver infilato in sette spiedi di legno sette pezzi di carne di cinghiale che lasciarono accanto al fuoco acceso nel centro del nuraghe, i sette fratelli se ne andarono alla caccia del cervo. Al ritorno, verso sera, trovarono la carne di cinghiale già cotta, il fuoco acceso ancora, il nuraghe tutto in ordine, il patiu spazzato. Mancava però uno dei sette pezzi di carne di cinghiale già cotta. I sette uomini si guardarono meravigliati; cercarono attorno al nuraghe, ma non trovarono nessuno L'indomani lasciarono accanto al fuoco sette casadinas , e al ritorno ne trovarono sei, e la casa in ordine e il cortile spazzato. Allora il terzo giorno, uno dei sette fratelli, e precisamente l'albino, rimase sdraiato in fondo al nuraghe, nascosto sotto una bisaccia. Gli altri sei fratelli se ne andarono a caccia; e tutto fu silenzio attorno. Accanto al fuoco, infilati nei sette spiedi sette casizolos gialli e fragranti come pomi si cuocevano lentamente; dall'apertura del nuraghe entrava il vento d'aprile, profumato di puleggio e di rosa canina. S'udiva il rumore del torrente di monte Rasu, e il canto degli usignoli fra le quercie della foresta.

Dunque, l'albino stava per addormentarsi sotto la bisaccia, quando un lieve fruscìo destò la sua attenzione: qualcuno spazzava il patiu, e dopo un momento un'ombra oscurò l'ingresso del nuraghe e un lieve rumore di passi animò il silenzio del luogo. Allora egli si scoprì, e vide una fanciulla, piccola di statura, ma così ben fatta e così bella che egli sulle prime la credette una jana . Ma al grido di spavento che ella diede, egli si accorse che era una povera fanciulla, anzi, proprio una fanciulla di Ottàna. Come qualunque altra fanciulla del mondo nelle sue circostanze la fanciulla di Ottàna s'inginocchiò piangendo ai piedi dell'albino, narrò che era nipote dell'uomo invidioso che aveva rovinato i sette fratelli.

- Egli mi ha raccolto e allevato, perché io sono orfana. Ma adesso che ho quindici anni voleva sposarmi. Io gli dissi: no, non voglio sposarvi perché siete vecchio. Allora egli mi mandò in quel bosco. laggiù, con due servi che avevano ordine di uccidermi e portargli il mio cuore ed i miei occhi. Arrivati nel bosco i due servi trassero la leppa ma non ebbero cuore di uccidermi. Quando non ebbero cuore di uccidermi, essi girarono un po' nel bosco e trovarono un daino: lo ammazzarono, presero il suo cuore ed i suoi occhi e li portarono al mio zio cuore di pietra. Io rimasi nel bosco, e gira e rigira mi trovai sotto questo nuraghe; entrai e presi la carne e spazzai il cortile. Adesso eccomi qui. Uccidetemi pure, se volete, ma non svelate al mio zio cuore di pietra che io sono viva.

L'albino volse la testa dall'altra parte, perché la fanciulla non si accorgesse che egli piangeva; poi gridò:

- Alzati e dimmi come ti chiami.

- Juannicca.

Egli gridò, più forte:

- Continua a spazzare e rattoppa questa bisaccia.

Juannicca allora si alzò e continuò a lavorare. Ed ecco, all'imbrunire, gli altri sei fratelli tornarono, neri e imbacuccati come fantasmi; sedettero attorno al focolare, mentre l'albino raccontava la storia della fanciulla Juannicca, e la fanciulla Juannicca, accoccolata in fondo al nuraghe, tremava come una lepre spaurita. Ma l'anziano le disse:

- Be' dopo tutto siamo un po' parenti. Tu ci farai i servizi di casa, terrai acceso il fuoco, porterai l'acqua e noi ti considereremo come nostra sorella. Ma, ti avverto, lingua in bocca.

Allora Juannicca, lingua in bocca, non rispose: e tutti furono contenti del suo silenzio. E i giorni passavano, e i sette fratelli, quando tornavano al loro rifugio, al cader della sera, tacevano, sospiravano, guardavano le stelle scintillanti in cima alle quercie, e anche sorridevano. Erano tutti e sette innamorati di Juannicca; e chi le portava in tasca una manata di perine primaticce, chi una lepre di nido, chi una preda de ogu rinvenuta per caso nel greto del torrente, forse caduta dall"anello di qualche fanciulla che lavava.

Juannicca sorrideva a tutti i sette fratelli, e quando alla sera essi tardavano a rientrare, anche lei guardava dal patiu le sette stelle dell'Orsa Maggiore, fulgide sopra i monti lontani, e le pareva di vedere i suoi sette protettori.

Essi cominciarono a litigare, perché ciascuno di loro voleva sposare la fanciulla: l'anziano la voleva perché era il maggiore dei fratelli; l'albino la voleva perché era stato il primo a vederla, gli altri la volevano perché la volevano.

Finalmente decisero di non sposarla e di tenersela sempre come una sorella: e così il tempo passò, e passò l''inverno, e il canto del cuculo annunziò il ritorno della bella stagione. Juannicca domandava al cuculo:

Cuccu bellu 'e mare,

Cantos annos bi cheret a mi cojare?.

E il cuculo rispondeva con sette gridi melanconici; ma Juannicca scuoteva la testa, incredula, perché non sperava di potersi sposare così presto, in quella solitudine dove non c'erano neppure gli avvisi di matrimonio sui giornali.

Eppure un giorno, mentre ella stava sul patiu a scardassare un po' di lana, ecco che vede passare di là un giovine cacciatore a cavallo.

Era alto e bello, coi capelli lunghi svolazzanti come nastri di raso nero; e di sotto le folte sopracciglia i suoi occhi neri brillavano come stelle sotto le nuvole. Salutò Juannicca gridando:

- E cosa fai?

- Così sto! - ella rispose.

Guardarsi e innamorarsi fu la stessa cosa.

Egli ripassò il giorno dopo, e fu colpito dalla sveltezza di lei che già filava la lana scardassata. Al terzo giorno le disse:

- Se vieni con me ti sposo. Sono il figlio del Giudice del Logudoro: tu, monta in groppa al mio cavallo e andiamo.

- Passa più tardi - ella disse. - Prima voglio spazzare la casa. Eppoi verrò solo a condizione che tu t'interessi di far graziare i miei sette fratelli.

- In coscienza mia lo farò.

Egli ripassò più tardi, e dal muraglione del patiu ella saltò sulla groppa del cavallo, cinse con un braccio la vita del cavaliere, e via di trotto.

Era una bella giornata di primavera: le cime verdoline degli alberi si disegnavano sulle nuvolette d'argento, e le macchie fiorite, l'asfodelo, il serpillo, l'alloro, il timo e la ginestra profumavano l'aria. Juannicca raccontava la sua storia e il cacciatore diceva:

- Io ho tre sorelle Grassia, Itria, Baingia, belle come tre garofani. Esse ti vorranno bene, e t'insegneranno a ricamare gli arazzi ed a suonare la chitarra; ma se ti vedono vestita così, con questo costume logoro, diranno: «La sposa del nostro fratello è una pezzente». Dunque, senti, io ti lascerò nel bosco sotto il castello del Goceano, e andrò a prenderti un bel vestito, e tu mi aspetterai senza muoverti.

Ed ecco apparve il castello posato come un'aquila sulla cima di una collina rocciosa. Le nuvole di primavera gli stendevano attorno un'aureola d'oro, i boschi di peri selvatici fiorivano ai piedi della collina. Il cacciatore disse:

- Be' Juannicca, non muoverti: ti porterò anche una collana.

Ella smontò e sedette sopra un sasso; ma appena il giovane fu lontano, ella sentì il gorgheggio di un usignolo e pensò:

- Ci dev'essere una fontana: voglio lavarmi per non entrare così sporca nel castello.

S'alzò, e cerca e cerca, questa fontana non si trovava mai: ma d'improvviso una donna alta e secca, coi capelli rossi e gli occhi verdastri, apparve nel sentiero e salutò Juannicca domandandole chi era e che cosa cercava.

Da tanti mesi Juannicca frequentava gente così buona che s'era dimenticata che al mondo esiste anche gente cattiva: ben lontana quindi dall'immaginarsi nella donna rossa una maghiarja , innamorata del giovane cacciatore non esitò a raccontarle la sua storia.

- Inutile lavarti e metterti un bel vestito se non ti pettini bene - disse la donna, frenando la sua rabbia. - Vieni che te li accomodo io, i capelli; te li ungerò con olio di lentischio e ti metterò uno spillone nella benda -. La trasse così fino ad una grotta, le unse i capelli, glieli acconciò all'uso delle dame, le avvolse la testa in una benda e fermò questa con uno spillone d'argento. E appena ficcato lo spillone, che era ammaliato, Juannicca cadde al suolo come morta.

Cadde al suolo come morta e rimase così sette anni.

Il cacciatore, non trovandola più, credette ch'ella, pentita d'averlo seguìto, fosse ritornata nel nuraghe: e per puntiglio non la cercò oltre; ma il dolore e l'umiliazione lo resero cupo e cattivo. Non usciva dal castello e proibiva alle sorelle di suonare e di cantare: diventato dopo qualche anno Giudice anche lui, proibì le feste e fece imprigionare le persone che lo adulavano. Tant'è vero che il malumore a volte rende gli uomini energici e saggi.

Dunque, le sorelle si annoiavano. Un giorno, andando nel bosco a cogliere asfodelo per intesserne cestini, cominciarono a parlar male del fratello, e tanto s'infervorarono che smarrirono la strada. D'un tratto cominciò a piovere; le sorelle si rifugiarono in una grotta e videro distesa al suolo una bella fanciulla che pareva morta. Era vestita di un rozzo costume, ma teneva i capelli acconciati all'uso delle dame, con la benda fermata da uno spillone d'argento.

Una delle sorelle disse:

- Voglio provare se mi sta bene questo spillone.

Ma appena lo trasse dai capelli della bella addormentata, questa si svegliò, e cominciò a piangere ed a chiamare il cacciatore. Allora le tre sorelle la sollevarono, la confortarono, la condussero con loro al castello. Il giovine signore sulle prime s'arrabbiò; poi sposò Juannicca, e quando ebbe sposato Juannicca fece graziare i sette fratelli, e diventò così felice che sorrideva persino quando gli adulatori gli dicevano le cose più sciocche di questo mondo.

IL VECCHIO MOSÈ

Quand'ero ragazzetta, avevamo in casa nostra un vecchio servo della Barbagia chiamato Moisè. Era il suo vero nome? Non credo; forse era un soprannome, perché realmente il vecchio rassomigliava al profeta Mosè, alto e bruno in viso com'era e con una lunga barba a riccioli; o piuttosto perché fra le altre cose egli sapeva fare certi scongiuri contro il malocchio, contro le malattie del bestiame, contro le formiche che rapiscono il grano dall'aia, contro i bruchi, le cavallette e i vermi, contro le aquile per impedir loro di rapire i porcellini, gli agnelli ed anche i bambini; e in quasi tutti questi scongiuri (in dialetto chiamati verbos , cioè parole misteriose) c'era un'invocazione a Mosè.

Moisè era vecchio ma robusto ancora e lavorava tutto l'anno; d'inverno custodiva i branchi di porci e di maialini che pascolavano e mangiavano le ghiande su per i boschi d'elci del monte Orthobene; ma tornava in paese per le grandi solennità, e specialmente il Natale voleva passarlo in casa dei padroni. Non era vecchio decrepito, volevo dire, ma a sentirlo parlare pareva che egli avesse almeno due millenni; tutte le storie che raccontava risalivano agli «antichi tempi» quando Gesù non era nato ancora ed il mondo era popolato di gente semplice ma anche di esseri fantastici, di animali che parlavano, di diavoli, di nani, di bìrghines , vergini che eran buone coi buoni e cattive coi cattivi e passavano il tempo a tessere porpora ed oro.

Quando Moisè tornava a casa per Natale noi ci affollavamo attorno a lui per sentire le sue storie. Egli sulle prime si faceva pregare; preferiva insegnarci ad arrostire tra la brage le ghiande, che si gonfiavano e diventavano rosse e saporite come castagne; e ci diceva che in certi paesi della Sardegna si fa anche il pane di farina di ghiande, al quale si mescola una certa argilla che lo fa diventare più saporito e consistente; poi a furia di preghiere e di occhiate supplichevoli, si riusciva a fargli raccontare qualche storia.

Seduti intorno al camino ove ardevano interi tronchi di quercia o intere radici di lentischio, nere e aggrovigliate come teste di Medusa, noi ascoltavamo attentamente. Era presto ancora per la grande cena, che si fa dopo il ritorno dalla messa di mezzanotte, alla quale noi però non assistevamo perché la notte di Natale è quasi sempre rigida e nelle notti rigide i ragazzi devono andare a letto; ma per noi e per tutti quelli che volevano mangiare senza profanare la vigilia veniva preparato un piatto speciale, di maccheroni conditi con salsa di noci pestate, e con questo e con le storie di Moisè ci contentavamo. Egli dunque soffiava sul fuoco con un bastone di ferro; un bastone bucato che era poi una vecchia canna d'archibugio, e raccontava. «Quando nacque Gesù, - egli diceva, - la gente era buona ancora e senza malizia; ma appunto perché gli uomini eran ingenui e avevan paura di tutto, il mondo era infestato di esseri maligni. Allora esistevan le cattive fate, che potevan cambiarsi in animali e spesso andavano nelle case, sotto forma di gatti, di cani o di galline, e vi portavano sventura; allora esistevano i cavalli verdi, che portavano i proprii cavalieri nei precipizî; esistevano i vampiri, esistevano i serpenti e specialmente uno terribile che si chiamava Cananèa ; ma sopratutto davan da fare ai buoni pastori e alle buone massaie i diavoli che prendevano aspetto umano e si fingevano anch'essi pastori e venivan riconosciuti solo dalle unghie attorcigliate o dai piedi simili a quelli dell'asino. Gesù venne al mondo per liberarlo da tutti questi esseri maligni, e specialmente dai diavoli; infatti adesso non ne esistono più; ma prima di sparire dal mondo, i diavoli e gli esseri maligni cosa fecero? Lasciarono qua e là oggetti così impregnati della loro malignità che gli uomini che li toccavano diventavano cattivi e tramandavano la loro cattiveria ai loro discendenti. In altro modo non si spiega la malvagità di certi uomini che sembravano diavoli davvero. Gli stessi giudei che presero e uccisero Gesù erano uomini corrotti dall'aver toccato qualche oggetto del diavolo, e i bambini cattivi dei nostri tempi vengono ancora chiamati diavoletti. Ad ogni modo gli uomini fanno ancora una gran festa per ricordare la nascita di Gesù, loro liberatore; presso i popoli ancora patriarcali, come quello della Sardegna, la festa comincia veramente dopo la mezzanotte, si prolunga fino all'alba, con canti, suoni, balli, e dura tutto il carnevale. In certi paesi la gente si porta da mangiare in chiesa, e dopo il "Gloria" tutti cominciano a sgretolare noci e mandorle; all'alba il pavimento della chiesa appare coperto di bucce di mele, scorze di arance, gusci di nocciole. In quasi tutti i paesi la gente si scambia regali, e i fidanzati dànno alla sposa una moneta d'oro o di argento o mandano in dono un porchetto.

Quand'ero ragazzo, m'accadde un'avventura curiosa.

Mio padre era pastore di porci, e stava fuori di casa tutto l'anno, ma per il giorno di Pasqua e per Natale voleva immancabilmente tornare in paese. Finché fui piccolo io, egli in quei giorni faceva custodire il gregge da un servo; ma appena io potei aiutarlo egli mi condusse all'ovile, e la notte di Natale mi toccava di stare lassù, nel bosco umido e freddo, entro una capanna od anche dentro una grotta riparata dai venti e dalla neve, sì, ma nera e paurosa come le grotte delle leggende. Io non avevo paura, anche perché mio padre diceva che mi lasciava solo appunto per abituarmi ad essere coraggioso; ma nella notte di Natale mi sentivo triste, accasciato. Appena sera mi coricavo in un angolo, mi coprivo fino agli occhi col manto , lunga e larga striscia di orbace (panno sardo) che d'inverno noi pastori ci buttiamo sul capo e sulle spalle, allacciandola sotto il mento; e pensavo al Natale in paese. Ecco, pensavo, a quest'ora il fidanzato di mia sorella ha già mandato a casa nostra in regalo un bel porchetto dalla cotenna rossa, sventrato e riempito di foglie d'alloro, mia madre già prepara la grande cena, mentre mia sorella indossa il suo costume nuovo e mette in testa il suo cappuccio per andare alla messa. Arriva il fidanzato, con le saccoccie gonfie di arancie, di noci, di ciliegie secche; egli fa forza e si piega da un lato per tirar fuori tutte queste buone cose, le depone sulla panca accanto al focolare e dice: se il povero Moisè fosse qui! Serbategli questa mela cotogna che sembra d'oro.

Pensando a questo valente giovane io mi sentivo intenerire. Egli era di buona famiglia, ma non poteva ancora sposare mia sorella perché appunto la sua famiglia non voleva, essendo egli troppo giovane e dovendo ancora fare il soldato. Era allegro, burlone, aveva le tasche sempre piene di frutta secche, e per questo io gli volevo molto bene. Mio padre diceva che il fidanzato di mia sorella aveva in saccoccia più nocciuole che quattrini; ma io appunto lo preferivo così. Egli mi raccontava storie terribili, di banditi, di cavalli verdi, della Madre dei Venti, e mi piaceva anche per questo.

Una volta egli venne a trovarmi persino su nell'ovile, proprio all'antivigilia di Natale (mio padre era dovuto scendere in paese fin da quel giorno) stette fino al crepuscolo raccontandomi fiabe e storielle paurose. Egli mi diceva che i ragazzi non devono uscire di casa quando soffiano i venti, perché appunto allora la loro Madre, che gira assieme coi figli, porta via i viandanti deboli e gli esseri che non sono resistenti.

Verso sera egli se ne andò. Io rimasi solo, e sebbene la sera fosse calma avevo paura di uscire. Mi coricai sotto il manto , e cominciai a pensare alla festa dell'indomani notte. Mi pareva di veder arrivare a casa il fidanzato, con le saccoccie piene di frutta; le campane suonavano, le donne cullavano i bimbi cantando:

    Su ninnicheddu,

    Non portat manteddu,

    Nemmancu curittu;

    In tempus de frittu

    No narat tittìa.

    Dormi, vida e coro,

    E reposa anninnia .

La gente andava alla messa; e mi pareva di veder la chiesa illuminata da sette file di ceri e con gli altari adorni da rami d'arancio carichi di frutta. Al ritorno tutti sedevano sulle stuoie spiegate attorno al focolare, e la gran cena cominciava. Si mangiava il porchetto, il primo latte cagliato, il formaggio col miele; si beveva, si rideva.

Poi gli uomini anziani, seduti a gambe in croce attorno al fuoco, improvvisavano canzoni, e i giovani ballavano il ballo tondo: cominciava l'impuddilonzu (la festa dell'albeggiare), e tutti sembravano folli di gioia, tutti ridevano e cantavano perché era nato Gesù e il demonio doveva sparire dalla terra.

Io ero triste come una fiera sola nel bosco. Avevo undici anni ed era già il terzo Natale che passavo sul Monte; per me l'infanzia era davvero finita da un pezzo; eppure mi sentivo turbato come un bambino di cinque anni. A un tratto sento i maialini grugnire nella mandria, o meglio nel recinto di macigni ov'erano riparati! Un ladro? Il cane però, un grosso cane che sembrava un leone, legato ad un tronco d'albero, non abbaiava. Io ricordai le istruzioni ricevute da mio padre; quindi mi affacciai all'apertura della capanna chiamando "Basile" "Antoni" "Sarbadore" per far fuggire il ladro, al quale, gridando quei nomi, volevo far credere di essere in buona compagnia. Allora anche il cane cominciò ad abbaiare, e pareva parlasse e accusasse qualcuno; io però, se non avevo paura del ladro, ripensavo alle storie raccontate dal fidanzato di mia sorella, e non osavo avanzarmi.

La notte era fredda, ma limpida; la luna saliva sul cielo d'argento e ci si vedeva come all'alba. Io mi feci coraggio, presi l'archibugio lungo due volte più di me, e uscii sullo spiazzo; ma d'un tratto mi parve di vedere poco distante da me un gruppo di cinghiali guidati da un uomo nero e tozzo; ricordai allora che negli antichi tempi, prima che gli uomini fossero maliziosi, il diavolo pascolava alla notte le anime dei malvagi trasformate in porci selvatici, e con paura corsi a rifugiarmi nella capanna. Che volete? Ero anch'io senza malizia, allora, come gli uomini degli antichi tempi: la malizia cominciò a venirmi due giorni dopo, quando mio padre ritornò, contò i maialini e trovandone uno di meno mi bastonò. Per la vergogna io non gli avevo raccontato nulla, né della visita del fidanzato, né delle sue storie paurose, né del rumore sentito alla notte, né del mio terrore superstizioso. Egli credeva che io avessi lasciato smarrire nel bosco il maialino, e mi bastonò per questo: se avesse saputo della mia paura e del mio stupido terrore mi avrebbe bastonato lo stesso e si sarebbe beffato di me.

Ma chi cominciò a beffarsi di me, dopo quella volta, fu il fidanzato di mia sorella. Eppure egli non sapeva e non doveva saper nulla. E solo anni ed anni dopo, quando egli era diventato un uomo serio ed io un giovine pieno di malizia, tutti seppero il segreto di quella notte. Il maialino lo aveva rubato lui, il fidanzato, perché non aveva denari da comprarne uno; e l'indomani lo aveva regalato alla fidanzata, cioè a mia sorella. Era venuto su apposta, a raccontarmi le storie paurose, per impedirmi di uscire alla notte: mio padre, che era allora vecchio e pacifico come un patriarca, quando sentiva raccontare questa storia si faceva rosso per la stizza, pensando che aveva mangiato il suo maialino rubato; e voleva alzarsi dalla stuoia per corrermi dietro e bastonarmi ancora!».

LA SCIABICA

(Storia per i più grandetti)

La passeggiatina dei due amici, lungo la spiaggia, venne fermata dall'impedimento di una grossa corda che alcuni pescatori traevano dal mare e portavano a forza di braccia e di schiena, indietreggiando, in fila a distanza di pochi passi l'uno dall'altro, su fino all'estremità dell'arenile.

Intorno alla schiena ciascuno di essi aveva un'alta cintura di corde intrecciate, fermata, davanti, in modo da non premere lo stomaco, da un bastoncino al quale era legata una breve cordicella; una specie di laccio, con l'estremità ad uncino, che aiutava la mano del pescatore ad afferrare e tirare con più forza la fune.

Questa cintura era il segno che tutti, vecchi, giovani, bambini, e una donna che pareva fatta di sabbia, e anche lei tirava con vigore, appartenevano alla comunità della barca nera e vecchia come quella di San Pietro apostolo, che, abbandonata a sé stessa, si gingillava con le ondine celesti lì davanti alla riva.

La corda non finiva mai: pareva che il mare ne fosse pieno. Tira e tira, arrivato in cima all'arenile, il primo pescatore della fila l'abbandonava sulla sabbia, e correva a riprenderla alla riva, agitando l'uncino della cordicella come un campanello: e così via via tutti.

A pochi metri di distanza, di lato, la faccenda si ripeteva: un'altra fune cioè veniva tirata, portata in su, abbandonata sul mucchio già formatosi sulla rena e i tiratori si sostituivano a vicenda, in modo che parevano moltiplicarsi, come le comparse in teatro quando rappresentano una folla.

Della folla plebea essi avevano anche le caratteristiche; vecchi, giovani, ragazzi e bambini, brutti tutti, arsi e scabri come pesci salati, eppure uno diverso dall'altro; con addosso tutti gli stracci immaginabili, nude però le gambe e i piedi di radica, ed in testa berretti, cappelli, copricapi che ricordavano tutta la collezione dei funghi mangerecci e velenosi. Anche la donna aveva un fazzoletto giallo, messo in modo che la sua testa pareva un limone.

- Ma che fanno? - domandò il più piccolo dei due amici.

Il maggiore ne avrebbe saputo quanto lui se non fosse stato del posto: quindi fece sfoggio di erudizione.

- È la pesca alla sciabica, così si chiama la rete che sta laggiù nell'acqua e non si vede. Sciabica vuol dire rete da sabbia, perché non arriva dove l'acqua è alta. Questa pesca si chiama anche tratta, perché vedi come tirano.

- Eh, lo vedo bene - ammise l'altro, e s'incantò a guardare.

E gli vennero in mente i suoi genitori, che litigavano sempre, o almeno si lamentavano, per la mancanza di denaro, le difficoltà della vita e la durezza del lavoro quotidiano. Anche adesso che stavano per quindici giorni in riposo, per via di lui, Matteino, che aveva assoluto bisogno d'aria di mare, anche adesso non trovavano pace: anzi meno che mai, perché i soldi, diceva la madre, se ne andavano come portati via dal vento, e il padre replicava ch'era lei a non saper fare economia. Ma come si fa a fare economia quando il pane costa più che un tempo la torta, e i pomidoro si vendono come se il loro nome fosse autentico, ed un pesciolino, mannaggia la miseria, (quando è esasperata la mamma usa il linguaggio delle donne del mercato) te lo fanno pagare come se dentro le viscere ci avesse una perla.

Chi sa, invece, quanti pesci questi pescatori, che sembrano tanti zingari del mare, si mangiano in pace ed allegria.

Allegri, adesso, veramente non sembrano; e neppure in pace, perché anche essi questionano, l'uno con l'altro nella stessa fila, od attraverso lo spazio con quelli dell'altra, e sono urli, bestemmie, improperi, dei quali i più delicati sono «lasaròn» o «fiòl d'un can», e verrebbero forse alle mani se le mani indolenzite e ardenti non pensassero per conto loro a tirare la corda.

E la corda, rossastra ed oleosa come una salsiccia dura, si lascia tirare volentieri, pur dandosi l'aria di essere lei a trarre dal mare il peso misterioso della rete ancora invisibile.

Alcuni ragazzi bagnanti, che da lungo tempo assistono allo spettacolo, per puro spirito di solidarietà umana, o perché credono che il loro valido aiuto affretti l'opera, s'intruppano fra i pescatori e si mettono anch'essi a tirare. Ci si mette anche un signore in maglia e berretto da marinaio; un bel tipo di negriere coi denti, anche quelli di davanti, tutti d'oro. Ci si mette anche una signorina secca, vestita di verde come una cavalletta.

- Brava, brava - si grida intorno.

- Ma il pesce che pescano, a chi va? - domanda Matteino all'amico.

- Lo vendono, o se è poco se lo dividono fra loro. Una volta ne ho avuto pure io perché ho aiutato a tirare.

Allora un'idea luminosa guizza nella mente di Matteino: mettersi anche lui a tirare, e portare poi alla mamma affaccendata il suo berretto da bagno gonfio di pesci.

- Tiriamo anche noi, - propose all'amico, ma questi fece una smorfia di diniego, anzitutto perché Matteino era così piccolo e mingherlino che pareva fatto di zolfanelli incrociati, poi perché quella volta, nel tirare la fune, s'era fatto le vesciche al le mani, e la serva aveva buttato via i pesciolini da lui portati a casa, non, com'egli affermava, ricevuti dai pescatori avari, ma raccattati fra gli scarti lasciati da loro sulla sabbia.

Intanto già fra le ondine celesti che pareva si prestassero graziosamente anche esse a spingere a riva la rete, si notavano i primi segnali di questa, con l'apparire dei sugheri a galla: i pescatori adesso tacevano, tirando con più forza, col viso rischiarato dalla speranza. La donna di sabbia s'era fatta la più animosa; quando veniva il suo turno di ricominciare, scendeva a precipizio dall'arenile e riafferrava la corda riversandosi indietro sulla sua cintura selvaggia, come se da quello sforzo dipendesse la salvezza della sua vita.

Fu dietro di lei, fra lei ed un omone rosso il cui sudore pareva sangue, che Matteino, avvolto anche lui da quell'atmosfera di speranza diffusa intorno, si mise a tirare la corda: e gli parve di essere lui solo a produrre la forza necessaria ancora a portare l'opera a compimento.

- Forza, coraggio, tira, tira, - Matteino diceva a sé stesso, preso da un'ebbrezza che gli faceva dimenticare lo scopo meschino della sua impresa. Su, su, la sabbia gli sfuggiva di sotto i piedi, e in realtà egli si sentiva trasportato, fra l'omone forzuto e la donna tenace, come sospeso nell'aria.

La rete adesso la si vedeva uscire piano piano dal fitto delle onde; pareva un grande canestro di velo rosso merlettato di nodi di sughero e trapuntato di pagliuzze d'acciaio. Erano i primi pesciolini, che destarono un senso di pietà in Matteino. Poveri, poveri pesciolini! Se ne stavano affacciati tranquilli ai finestrini della rete perché l'acqua ancora la riempiva; ma arrivati sulla sabbia, nel sentire l'orrore della loro sorte, cominciarono a spiccare salti e a contorcersi, inarcandosi come anelli d'argento, riuscendo qualcuno a balzar fuori dalla sua prigione.

- Se però tutta la pesca è qui, stiamo freschi - pensa Matteino; e vede anche il viso diabolico dell'amico sogghignare di scherno.

I pescatori invece erano tutti animati da una silenziosa letizia; il loro viso splendeva come se il sole sorgesse dal mare. Sentivano il peso della rete; e più degli altri poteva sentirlo la donna perché sotto l'arco del suo fazzoletto gli occhi d'ambra rifulgevano simili a quelli di un cane da caccia.

Anche l'aitante negriere, con la sua California in bocca, sorrideva soddisfatto, quasi fosse lui il padrone della pesca.

Adesso una folla di curiosi s'era stretta lungo le corde, come quella che assiste allo sbarrato passaggio di un corteo reale: altri ne venivano, e si vedevano le lunghe gambe rosee del le donne seminude avanzarsi quasi danzando sullo sfondo azzurro del mare.

- Terra, terra - gridò un monello.

E tutti a ridere, a spingersi, ad ammucchiarsi sulla riva.

I pescatori sollevavano e agitavano i lembi della rete, perché i pesciolini ne rimbalzassero e restassero in fondo; la donna era la più svelta e feroce nella faccenda; staccava dalla rete i gamberetti disperati e li masticava vivi; altrettanto avrebbe fatto coi bambini molesti che respingeva coi fianchi gridando:

- Via i burdel, via i bambini.

Fra le piccole triglie. le sardine e i bianchi naselli distinse il pesceragno, la tarantola del mare, e presolo per la coda lo seppellì nella sabbia e lo schiacciò col piede.

Quest'atto di apparente crudeltà cominciò ad indisporre Matteino. Aveva anche lui abbandonato la corda per mettersi in prima fila fra gli spettatori, e aspettava la sua porzione, quando invece si sentì respinto quasi con violenza da due pescatori che portavano una dentro l'altra due ceste vuote ancora brillanti di scaglie.

- Permesso, permesso, largo, signori.

- Via i burdel.

- Via, bambini, avete capito?

La rete veniva su, su, sempre più larga, con la sua immensa bocca coi denti di sughero spalancata, e dentro un rimescolamento luminoso; pareva avesse pescato tutti i tesori del mare. Anche l'amico di Matteino non sogghignava più; poiché molte pesche al la sciabica egli ricordava, ma nessuna abbondante come questa.

Attorcigliati anch'essi e presi da una furia infernale, i pescatori agitavano in dentro i lembi della rete; e in fondo a questa i pesci si ammucchiavano, crescevano, crescevano, come se la disperazione stessa li facesse moltiplicare.

Una prima cesta, portata da due pescatori e scaricata sulla sabbia con rapidità veramente fulminea, destò un grido di ammirazione intorno. Si ebbe l'impressione che un lampo fosse caduto sulla rena e vi si agitasse, inchiodato da una forza superiore alla sua: poi un'altra cesta, un'altra, altre ancora. I pescatori adesso ridevano come ubbriachi: la donna di sabbia s'era strappata di testa il fazzoletto, per riempirlo di pesci.

Sulla sabbia, fra il cerchio degli spettatori quasi sbalorditi, la macchia lampeggiante si allargava tremolando, come fatta di mercurio, e lo schioppettìo dei pesciolini, rimbalzati e urtati fra di loro dalle convulsioni della morte, ricordava quello del fuoco.

Tutto lo splendore tumultuoso del mare pareva si fosse riversato sulla rena, e il mare ne restava come impallidito.

Allora Matteino pensò ch'era giunta l'ora del compenso del la sua fatica: già altri ragazzi spigolavano i pesci rimasti qua e là, e scappavano svelti come grandi ladri. Egli s'era già tolto il berretto da bagno, ne aveva allargato l'elastico, e cominciava a buttarvi piccole manciate di pesciolini che gli sfuggivano fra le dita come spilli.

Già vedeva il viso sorridente della mamma, già i begli occhi glauchi di lei lo guardavano dal fondo del berretto. Ma sentì anche lo scottante ceffone del babbo.

- Lazzarone, figlio d'un figlio di un cane, lascia stare lì la roba che non è tua.

Queste parole stridenti erano accompagnate da scapaccioni a confronto dei quali quelli che di tanto in tanto gli prodigava il babbo, sembravano carezze. Era la donna di sabbia che glieli regalava; ed egli dovette fuggire carponi fra le gambe degli spettatori, davvero come un figlio di cane, col berretto fra i denti, per salvarsi dalla furia di lei.

- FINE -